열국지

일러두기

• 이 책은 余邵魚 · 馮夢龍, 蔡元放 批評, 『東周列國志』(維基文庫, 2010); 신동준, 『실록 열국지 1, 2, 3』(살림, 2006)을 참고했습니다.

큰글자 세계문학컬렉션

05

열국지

풍몽룡 지음 ㅣ 진형준 편역

살림

풍몽룡

『중국역대서화가집(中國歷代書畵家集)』에 실린 삽화.

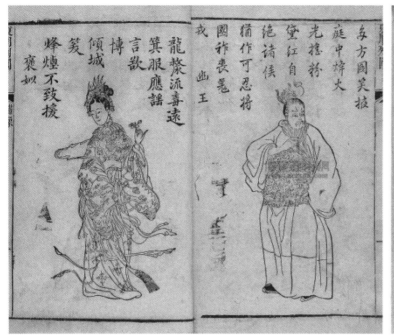

『수상동주열국전지 繡像東周列國全志』

1801년 출간된 삽화본 『동주열국지(東周列國志)』 표지와 본문. 오늘날 우리가 접하는 『열국지』는 여러 과정을 거쳐 탄생한 작품이다. 명나라(1368~1644)에 접어들면서 중국에서는 통속 역사소설이 큰 인기를 끌었다. 이때 여소어(余邵魚)라는 사람이 그동안 전해오던 이야기를 모아 『열국지전(列國志傳)』이라는 책을 썼다. 명나라 말에 풍몽룡은 이 책을 새롭게 고쳐 써서 108회로 구성된 『신열국지(新列國志)』를 펴내어 『열국지』 정본을 완성했다. 풍몽룡은 『춘추좌전(春秋左傳)』『전국책(戰國策)』『국어(國語)』『여씨춘추(呂氏春秋)』『사기(史記)』 같은 역사서를 참고하여, 소설이기는 하지만 역사적 사실에 충실한 뛰어난 작품을 창작해냈다. 이것을 청나라(1616~1912) 초기에 채원방(蔡元放)이 다시 손을 봐서 펴낸 것이 『동주열국지』다. 오늘날 『열국지』는 보통 이 『동주열국지』를 가리킨다.

세발솥

춘추시대 말~전국시대 초(기원전 500~기원전 450)에 제작된 청동제 세발솥. 전설에 따르면 하나라를 세운 우(禹) 임금은 천하를 9개 지역으로 나누어 구주(九州)라고 했다. 그리고 각 지역에서 바친 금속으로 세 발 달린 솥 9개를 만들어 왕위 계승을 상징하는 보물로 삼았는데 이것을 구정(九鼎)이라고 불렀다. 이후 구정은 뒤를 이은 상나라와 주나라로 전해지다가 춘추전국시대(기원전 770~기원전 221)를 거쳐 진나라가 천하를 통일한 후 자기네 수도로 옮겨 가던 도중 강물에 빠뜨려 분실하고 만다. 그러자 진나라에서는 따로 옥새를 만들어 왕권의 상징으로 삼았다고 한다. 따라서 이 구정을 갖는다는 것은 천하를 차지한다는 의미가 된다. 『열국지』에 등장하는 춘추시대 패자 중 한 사람인 초나라 장왕은 이 구정을 언급하며 자신이 천하의 패권을 잡은 사실을 과시했다.

고대 중국의 전차

춘추전국시대에 전차(戰車)는 가장 강력한 전쟁 수단이었다. 수레는 중국 고대 문헌에 따르면 하나라(기원전 2070~기원전 1600) 때 관리 해중(奚仲)이 처음으로 만들었다고 한다. 그런데 고고학 증거로는 상나라(기원전 1600~기원전 1046) 때인 기원전 1200년경부터 사용한 것으로 보인다. 갈수록 성능이 발달한 수레는 춘추시대에 이르러 전쟁이 주로 전차전으로 치러질 만큼 최전성기를 누렸다. 그러나 전국시대로 접어들면서 석궁(石弓)과 기마병이 선호되면서 전차는 보조 수단으로 역할이 축소되었다. 고대 중국에서 전차는 병거(兵車)라고 했는데 보통 지휘관 1명, 호위병 1명, 말을 모는 병사 1명이 탔다. 또 병거 1대를 말 4마리가 끄는 병거를 기준으로 1승(乘)이라고 했다. 1승은 춘추시대 초기에는 귀족 10명(전차병 3명 포함)에 평민 20명(보병)으로 총 30명이었으나 말기에는 총 75명으로 늘어났다. 이러한 전차의 수는 국력의 상징이었다. 여기에서 『열국지』에도 자주 나오는 표현인 '천승지국(千乘之國)' '만승지국(萬乘之國)'이라는 말이 생겨났다.

전국시대 화폐

전국시대 여러 나라의 화폐들. 왼쪽 위부터 시계방향으로 조·위·연나라의 포폐(布幣), 진·위나라의 원전(圓錢), 제·연·월나라의 도폐(刀幣), 초나라의 의비전(蟻鼻錢). 끊임없이 전쟁이 이어지는 와중에서도 전국시대(기원전 403~기원전 221)에는 생산력이 크게 높아졌다. 가장 큰 이유는 철제 농기구 사용과 소를 이용한 농사였다. 본격적인 철기시대로 접어든 것이다. 더불어 상공업도 매우 발달하여, 각 나라에서는 다양한 화폐를 만들어 사용했다. 『열국지』에서 진나라 승상에 올라 진시황제의 천하 통일에 기틀을 마련하는 여불위가 원래는 상인이었다는 사실도 이러한 경제 발전을 암시하는 듯하다.

만리장성

영국 사진작가 허버트 폰팅이 1907년 촬영한 만리장성. 진시황은 흔히 폭군으로 알려져 있다. 수많은 서적을 불태우고 수백 명의 학자를 생매장한 분서갱유(焚書坑儒) 사건, 아방궁과 자신의 묘 건설과 같은 대규모 토목공사로 백성을 괴롭히고 나라 재정을 파탄 낸 일, 가혹한 법 집행 등 때문이다. 하지만 『열국지』에서도 드러나듯이 진시황은 분열된 천하를 통일하고 이후 중국 역사의 큰 틀을 마련한 인물이라는 점에서 더 높이 평가받기도 한다. 구체적으로 살펴보면 화폐·문자·도량형을 통일하고 만리장성을 쌓아 국방을 다졌으며, 각 지역에 제후를 두어 대신 다스리도록 한 봉건제(封建制)를 폐지하고 중앙정부에서 직접 관리를 파견해 다스리는 군현제(郡縣制)를 실시하여 강력한 중앙집권 국가를 만드는 등의 중요한 업적을 남겼다. 참고로 진나라 때 만리장성은 춘추시대부터 여러 나라가 쌓은 장성들을 진시황이 하나로 잇고 서쪽으로 더 연장한 것으로, 이후 왕조들에서 계속 보완하여 명나라 때인 16세기에 현재 모습으로 완성되었다.

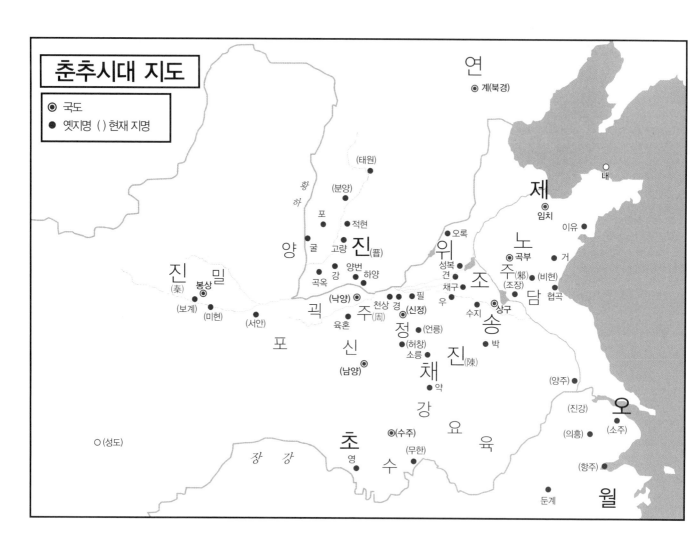

춘추시대 지도

- ◎ 국도
- ● 옛지명 ( ) 현재 지명

연

◎ 계(북경)

내

제

◎ 임치

이유

노
◎ 곡부

거

주(邾)
(조장)

(비현)

협곡

(태원)

황하

(분양)

포

굴

적현

고량

양

진(晉)

양번

곡옥

강

하양

오록

위

성복
견

채구

조

우

수지

상구

송

진

밀
봉상

진(秦)

(보계)

(미현)

(서안)

곡

(낙양)

주(周)

천상 경

(신정)

육혼

정

(언릉)

박

신

소릉

채

진(陳)

(양주)

오

(진강)

(남양)

약

(의흥)

(소주)

○ (성도)

장   강

초

영

강

(수주)

수

(무한)

요

육

(항주)

둔계

월

춘추오패 春秋五覇

제환공(齊桓公), 진문공(晉文公), 초장왕(楚莊王), 오왕(吳王) 합려(闔閭) 또는 그의 아들 오왕 부차(夫差), 월왕(越王) 구천(勾踐). 여기에 진목공(秦穆公)이나 송양공(宋襄公)이 대신 포함될 때도 있다.

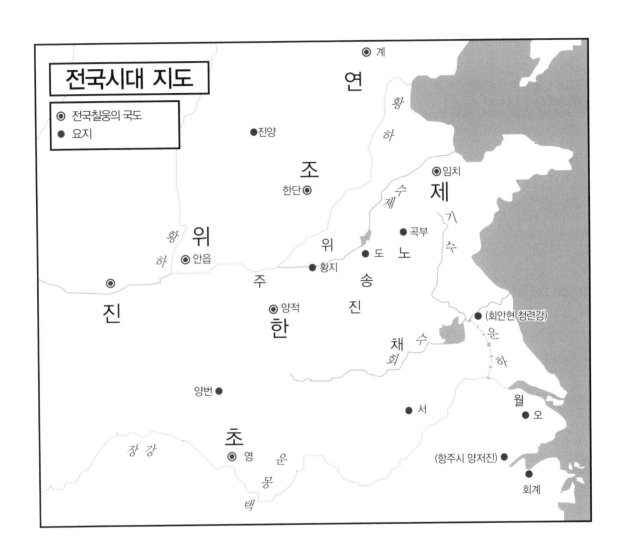

전국칠웅 戰國七雄

연(燕), 위(魏), 제(齊), 조(趙), 진(秦), 초(楚), 한(韓).

열국지 **차례**

제2부 진시황의 천하 통일

제 1 부

춘추오패

주나라의 몰락과 춘추시대의 시작

 이제부터 우리와 가까운 이웃 나라 이야기를 들려주려 한다. 바로 중국 이야기다. 오늘날의 중국이 아니라 아득히 먼 옛날 중국, 더 정확히 말한다면 기원전 8세기경부터 기원전 3세기경까지의 중국 이야기다.

초등학교 시절 나는 중국 왕조 순서를 '한(漢)·수(隋)·당(唐)·송(宋)·원(元)·명(明)·청(淸)', 이렇게 외웠다. 중국의 왕조는 한나라로부터 시작된다고 배운 것이다. 한나라 때부터 중국 땅이 통일된 왕조의 모습을 갖추었고 청나라가 멸망할 때까지 계속되었다고 배운 것이다. 그렇다면 중국사에 가장 큰 영향을 미친 인물은 당연히 한고조(漢高祖) 유방(劉邦)이어야 하지

않겠는가?

하지만 중국에서 "중국사에 가장 큰 영향을 미친 인물은 누구인가?"라는 설문을 해보면 거의 언제나 진시황제(秦始皇帝)와 마오쩌둥(毛澤東) 두 사람이 1, 2위를 다툰다고 한다. 마오쩌둥은 오늘날의 중국(중화인민공화국)을 만든 인물이니 표를 얻기 쉬울 것이다. 하지만 진시황은 지금부터 약 2,300년 전 인물이다. 그가 현대의 인물 마오쩌둥과 1, 2위를 다툰다는 것은 사실상 그가 중국사에서 가장 중요한 인물이라는 뜻이 아니겠는가?

왜 그럴까? 진시황이 바로 지금의 중국 자체를 만든 인물이기 때문이다. 기원전 8세기부터 시작되어 550여 년간 이어진 춘추전국시대(春秋戰國時代: 기원전 770~기원전 221)를 마감하고 강력한 중앙집권 국가를 건설한 인물이 바로 진시황이다. 진시황에 의해 중국 대륙은 이전까지의 봉건제(封建制)를 마감하고, 세계사에서 전례가 없을 정도로 강력한 중앙집권 국가가 된다. 서양으로 친다면 유럽의 여러 나라가 거대한 하나의 제국으로 통합된 셈으로 여겨도 된다. 어마어마한 일이다. 진시황이 얼마나 중요한 인물인가를 보여주는 더 좋은 예가 있다.

중국은 영어로 '차이나(China)'다. '차이나'는 '진(秦)'의 영어식 발음이다. 세상 사람들이 진(秦)나라를 중국이라는 국가의 상징으로 본다는 뜻이 아니고 무엇이겠는가?

이제부터, 어떻게 그런 어마어마한 일이 가능했는지 이야기해보기로 하자.

춘추전국시대는 주(周)나라(기원전 1046~기원전 256)가 쇠퇴하여 나라 이름만 유지한 채 이어진 550여 년간의 기나긴 시대를 말한다. 주나라는 삼황오제(三皇五帝) 시대, 하(夏)·상(商)·주(周) 시대로 이어지는 신화와 전설과 역사적 사실이 뒤섞인 중국 초기 역사의 끝자락을 장식하는 나라다. 기원전 11세기경 주나라 무왕(武王)은 상(商)나라를 멸망시킨 뒤 수도를 호경(鎬京)에 정하고 봉건제도를 실시한다. 상나라는 '은(殷)나라'라고도 하며, 호경은 지금의 섬서성(陝西省) 서안(西安) 부근이다. 봉건제도란 왕실의 일족과 공신을 제후(諸侯)로 삼아 전국 각지에 파견해 다스리게 했던 제도다. 이 봉건제도 아래에서 중앙 국가는 군주 직할지만 직접 통치했다. 나머지 영토는 여러 지역으로 나누어 제후가 다스리게 했는데, 이것을 '분봉(分封)'이라고 한다. 각 분봉 지역은 독립된 왕국에 가까운 자치를 누렸다. 한마디로 봉건제도에서 각 지방 제후들은 자기가 다스리는 지역의 왕과 같은 존재로 군림했다.

이런 각 지방 최고 권력자들을 하나로 묶어주는 존재가 바로 주나라 왕, 즉 천자(天子)였다. 제후들은 자신의 분봉 지역에서 왕과 같은 권위를 누리되, 천자에게 충성과 복종을 맹세했다. 따라서 봉건제를 유지해주는 힘은 천자의 권위와 존엄성, 그리고 그를 향한 제후들의 충성심이었다. 주나라는 300년간 그런 봉건제를 유지했다.

하지만 기원전 8세기부터 주나라는 기울기 시작한다. 제10대 주여왕(周厲王)과 제11대 주선왕(周宣王) 대부터 어지러운 조짐이 나타나더니 제12대 주유왕(周幽王) 대에 이르러서는 몰락의 길을 걷고, 제13대 주평왕(周平王) 대에 이르면 군주국의 지위를 상실한다. 제후들을 통치할 힘을 잃어버린 것이다. 제후들을 통제하고 조정해주던 중심이 사라지면 어떻게 될까? 당연히 제후들 간에 세력 다툼이 벌어진다. 각자 독립된 왕국으로 존재해왔으니 패권(覇權)을 잡으려는 싸움이 벌어지는 것이 당연하다. 그 세력 다툼이 무려 550여 년이나 지속된다. 이

합집산, 군웅할거, 백가쟁명의 시대가 끝없이 계속되는 것이다. 그 시기를 역사학자들은 '춘추전국시대'라고 부른다. 춘추(春秋)는 공자(孔子)가 엮은 노(魯)나라의 역사서인 『춘추(春秋)』에서 유래했고, 전국(戰國)은 한(漢)나라 유향(劉向)이 쓴 『전국책(戰國策)』에서 따왔음을 참고로 알아두자.

　이야기를 주나라가 몰락하기 시작할 무렵부터 하기로 하자. 기원전 782년 주나라에 제12대 왕이 즉위한다. 그가 주유왕(周幽王)이다. 예나 지금이나 변함없는 진리가 있다. 나라가 잘되려면 무엇보다 지도자를 잘 만나야 한다. 그런데 주유왕은 영 형편없는 군주였다. 그는 어리석은 데다 폭군이었다. 나랏일에는 관심이 없고 개인적인 쾌락에만 몰두했다.

　당연한 일이지만 민심이 흉흉해졌고 나라가 망할 것이라는 이야기가 떠돌았다. 충신들이 왕에게 정사를 제대로 돌보라고 간언했다. 하지만 그런 말을 들을 주유왕이 아니었다. 오히려 그들을 옥에 가두겠다고 협박하거나 아예 곁에 못 오게 했다. 충신들은 하늘을 우러러 탄식하며 수도인 호경을 떠났다.

　주나라를 섬기는 충신 중에 포(褒)나라를 다스리는 대부(大

夫) 포향(褒珦)이 있었다. 그는 왕이 충신들의 간언을 듣지 않을 뿐 아니라 그들을 곁에서 쫓아낸다는 소식을 듣고 왕에게 달려와 간했다.

"천자께서 정사를 돌보지 않고 어진 신하를 쫓아버렸으니 나라가 어지럽기 짝이 없습니다. 이러다가 사직을 보존하기 어려울까 두렵습니다."

사직을 보존하기 어렵다는 것은 나라가 망한다는 이야기다. 참으로 용감한 간언이었다. 주유왕은 크게 노해서 포향을 옥에 가두어버렸다.

포향이 옥에 갇힌 지도 어언 3년이 흘렀다. 포나라의 그의 가족들은 이제나저제나 포향이 풀려나기를 기다렸지만 전혀 기약이 없었다. 포향의 아들 홍덕(洪德)은 아버지가 풀려나길 기다리며 아버지 대신 집안일을 돌보고 소작지를 관리했다. 가을이 되면 그는 각 마을을 돌아다니며 소작농들로부터 곡식을 거두어들였다. 그러던 어느 날 한 작은 마을 우물가에서 어떤 젊은 여인을 보고 그의 눈이 휘둥그레졌다. 너무 아름다웠기 때문이었다. 눈이 부시다 못해 정신이 몽롱해질 정도였다. 그는 가슴이 두근거렸다.

'아니 이런 시골에 어떻게 저런 절세미인이!'

홍덕은 잠시 그녀의 아름다움에 취했지만 금방 정신을 차렸다. 그는 효자였다. 그 순간 아버지를 구할 멋진 방도가 그의 머리에 떠올랐다. 그는 그녀의 이름과 집을 알아낸 후 집으로 돌아가 어머니에게 자신의 계획을 밝혔다.

"어머니, 아버지께서 바른 말을 하시다가 옥에 갇히신 지도 어언 3년이 흘렀습니다. 듣자 하니 왕은 여색에 빠져서 온 천지에서 미인을 구하느라 정신이 없다고 합니다. 제가 어제 천하의 절세미인을 우연히 보게 되었습니다. 그녀의 이름은 포사(褒姒)라고 한답니다. 그녀는 사대(似大)라는 농부의 수양딸입니다. 한 걸인이 우연히 포대기에 싼 아이를 데리고 그의 집에 온 일이 있었는데 마침 자식이 없어서 거두어들여 길렀다고 합니다. 그 걸인도 강물에 떠내려온 아이를 우연히 발견한 거랍니다. 사대라는 사람의 친딸이 아니니 황금과 비단으로 그 미인을 살 수 있을 것입니다. 그런 후 포사를 왕에게 바치면 아버님을 옥에서 빼내드릴 수 있을 것입니다."

포사가 어떤 인물이며 어떻게 포나라 시골 농부의 수양딸이 되었는가에 대해서는 이런저런 이야기가 전해진다. 흥미는 있지만 믿기는 어려운 이야기들이다. 여기서는 그녀가 본래 귀한 집 자식이었으며 무슨 사연이 있어 갓난아기 때 버림받았다는 정도로만 알아두기로 하자.

어머니가 기뻐하며 응낙하자 홍덕은 곧장 사대에게 갔다. 그는 아주 많은 양의 황금과 비단을 사대에게 주고 포사를 집으로 데려오는 데 성공했다. 그는 포사를 집으로 데려오자마자 깨끗이 목욕하게 한 후 고급 비단옷을 입혔다. 그런 후 기름진 음식을 먹이고 궁중 예의범절을 가르쳤다. 남루한 차림의 시골 처녀였을 때도 남자들 혼을 빼놓을 만큼 아름다웠는데 한결 뽀얗게 된 피부에 멋진 옷, 세련된 몸가짐까지 갖추고 나니 선녀가 따로 없었다. 포사는 얼굴만 예쁜 게 아니라 머리도 좋았고 눈치도 빨랐다. 자신의 삶에 뭔가 큰 변화가 있으리라는 것을 직감하고 홍덕의 가르침을 기꺼이 따랐다.

그런데 그런 포사에게 눈에 띄는 특징이 하나 있었다. 바로 잘 웃지 않는다는 것이었다. 아니 잘 웃지 않는 정도가 아니었다. 아예 웃는 모습을 볼 수 없었다. 자기가 버려진 아이라는 것을 알고 어려서부터 세상을 향한 복수심을 감추고 있었던 것이다. 아, 그녀가 평소에 웃음 띤 얼굴을 하고만 있었더라도 주나라가 그렇게 쉽게 망하지는 않았을 텐데!

얼마 지나지 않아 포사가 몰라보게 변모하고 궁중 예절도 다 갖추자 홍덕은 그녀를 데리고 호경으로 올라갔다. 그는 연줄을 놓아 포사를 왕에게 바쳤다. 주유왕이 포사에게 홀딱 반했음은 두말할 필요가 없다. 세상의 미녀란 미녀는 다 궁중으로 불러 모은 주유왕이었지만, 다른 궁녀들은 포사에 비하면 공작새 옆의 암탉 무리에 불과했다. 왕이 그 대가로 포향을 풀어주고 이전의 벼슬을 되돌려준 것은 물론이다.

주유왕에게는 이미 태자가 있었다. 신(申)나라 제후의 딸인 신후(申后)와 주유왕 사이에서 태어난 의구(宜臼)였다. 주유왕이 포사를 품에 끼고 돌자 신후와 의구가 포사를 미워하고 핍박한 것은 당연한 일이다.

얼마 후 포사가 왕자를 낳았다. 포사를 사랑하는 주유왕은 그 아들을 눈에 넣어도 아프지 않을 정도로 아꼈다. 왕은 그의 이름을 백복(伯服)이라 지었다. 왕자를 낳자 포사의 야심이 한껏 부풀어 올랐다. 그녀는 간신들과 짜고 왕후와 태자를 모함했다. 결국 주유왕은 신후를 폐하고 포사를 왕후로 삼았으며 의구를 폐하고 백복을 태자에 봉했다.

아이를 낳은 후에도 포사의 아름다움은 조금도 줄어들지 않았다. 아니, 더 정확히 말한다면 아름다움이 한층 더 무르익어 보는 남자들마다 설레지 않는 사람이 없었다. 주유왕이 그녀 곁을 떠나려 하지 않았음은 말할 필요도 없다.

그런데 주유왕에게 한 가지 아쉬운 게 있었다. 포사의 웃는 얼굴을 도무지 볼 수 없다는 것이었다. 소원대로 신후를 내쫓고 왕후의 자리에 올랐으며 아들 백복이 태자가 되었지만 그녀의 얼굴에는 웃음기가 없었다. 오히려 그녀의 눈빛은 더욱 차가워졌다. 차가운 그녀의 눈빛도 물론 아름다웠다. 하지만 그녀가 웃음을 띠게 된다면 얼마나 더 아름다울까! 주유왕은 그녀가 웃는 모습을 너무나 간절히 보고 싶었다. 왕은 결심하기에 이르렀다.

'내 무슨 일이 있어도 포사가 웃는 모습을 보고야 말리라.'

왕은 온갖 시도를 다 해보았다. 음악을 들려주고 배우들을 불러 재미난 연극을 보여주고 날마다 산해진미를 차려주는 등, 온갖 노력을 기울였다. 그렇지만 소용이 없었다. 급기야 왕은 궁성 안팎으로 널리 포고를 내렸다.

"포후(褒后)를 웃게 하는 자에게는 천금의 상을 내리리라."

참으로 기가 찬 포고였다. 생각 있는 사람들은 하도 어이가 없어 혀를 내둘렀다. 하지만 언제나 간신은 있기 마련이다. 괵석보(虢石父)라는 간신이 머리를 잔뜩 굴려 방법을 찾더니 하루는 주유왕을 찾아가 말했다.

"전하, 신에게 포후를 웃게 만들 좋은 방법이 있사옵니다."

"어디 말해보라."

"지난날 주선왕께서 여산(廬山)에 봉수대를 설치하셨습니다. 서융(西戎)이 침입해 오면 제후들을 소집하기 위해서였지요. 그런데 십수 년 동안 봉홧불이 오른 적이 없습니다. 전하가 태평성대를 이끄셨기 때문입니다."

"그래서?"

"전하, 전하께서 포후와 함께 여산으로 행차하십시오. 그리고 봉화를 올리십시오. 그러면 제후들이 오랑캐가 침입한 줄 알고 한걸음에 달려올 것입니다. 그런데 와보니 아무 일도 없는 것을 알고 제후들은 매우 당혹스러워할 게 틀림없습니다."

"알겠다. 포후가 그 모습을 보고 웃을 거란 말이지? 그거 좋은 생각이다."

주유왕은 정말 뛰어난 계책이라 생각하며 포사를 데리고 여산으로 향했다. 그는 그곳에 도착하자마자 잔치를 연 후 봉화를 올리라고 명령했다.

단순히 연회가 열리는 것으로 알고 있었던 정백(鄭伯) 우(友)가 기겁하여 왕 앞으로 나서서 간했다.

"전하, 국가의 위난에 대비하기 위해 설치한 봉화를 이렇게 장난으로 올리시면 진짜 변란이 생겼을 때 어찌하시렵니까? 진짜 봉화를 올렸을 때 이미 속았던 제후들이 달려오지 않는다면 어떻게 위급한 나라를 구하시겠습니까?"

다른 사람이 흥을 깼다면 당장에 감옥으로 보냈을 것이다. 하지만 간언한 사람이 정백 우인 것을 보고 왕은 가까스로 화를 참았다. 그는 주유왕의 숙부뻘이었기 때문이다.

"숙부, 쓸데없는 걱정을 다 하십니다. 이런 태평세월에 진짜 봉화를 올릴 일이 생길 리 있겠습니까? 설사 그런 일이 있더라도 숙부께는 도움을 청하지 않을 테니 참견하지 마시오!"

주유왕의 말투에는 노여움이 섞여 있었다. 정백 우는 탄식하면서 물러나는 수밖에 없었다.

"주나라의 운명도 이제 다했구나!"

포사를 위해 봉화를 올리는 주유왕

명나라 장거정(張居正)의 『제감도설(帝鑑圖說)』(1572)에 실린 삽화. 포사의 탄생에는 기이한 전설이 전한다. 하나라 말기에 용 두 마리가 왕궁에 나타나 "우리는 포나라의 두 왕이다"라고 말한 뒤 침을 뱉고 사라졌다. 그 침을 잘 보관해두면 좋다는 점괘가 나와 나무 상자 안에 넣어두었다. 주여왕 때 상자를 열고 들여다보다가 침이 밖으로 흘렀다. 침은 검은 도마뱀으로 변해 왕궁을 돌아다니다가 한 소녀와 마주쳤고, 그녀는 40년 만에 딸을 낳았다. 엄마가 아기를 내다버리자 포나라 사람이 집으로 데려가 길렀고, 나중에 주유왕에게 바쳤는데, 그녀가 바로 포사였다고 한다.

이윽고 봉화가 올랐다. 그것을 본 사방의 제후들이 장수와 병사를 거느리고 황급히 여산으로 달려왔다. 그런데 막상 와 보니 기가 막혔다. 오랑캐는 보이지 않고 질탕한 잔치판만 벌어져 있는 것이 아닌가! 모두들 어리둥절해 있는데 주유왕이 말했다.

"내 그대들의 충성심을 시험해본 것일 뿐이니, 그냥 돌아들 가시오."

제후들은 어이가 없었다. 세상에 이런 일이 일어나다니! 그들은 묘사하기조차 어려운 야릇한 표정을 지었다. 그 모습을 누각 위에서 포사가 보고 있었다. 그녀는 물끄러미 제후들의 표정을 보고 있더니 한순간 배를 움켜쥐고 크게 웃기 시작했다. 어쩌면 자신을 버린 세상을 향한 복수의 웃음이었을지도 모른다. '제후들아, 너희라고 별 수 있어? 너희는 내 장난거리 밖에 안 돼!'라고 속으로 코웃음 쳤는지도 모른다. 하지만 포사의 그 웃음소리는 곧 망국을 알리는 소리였다.

포사가 웃음을 멈추지 않자 주유왕이 곁으로 다가가 속삭였다.

"그대가 한 번 웃으니 온 세상이 아름답구나. 내 그대를 기꺼이 웃게 해주리라."

이후 주유왕은 포사의 웃음이 보고 싶을 때마다 여산에 와서 봉화를 올렸다. 그때마다 제후들은 군대를 이끌고 왔고 포사는 배를 움켜쥐고 웃음을 터뜨렸다. 계책을 낸 괵석보에게 천금의 상금을 내린 것은 물론이다.

자기 딸이 폐위된 후 태자 의구까지 신나라로 쫓겨 오자 신나라 제후 신후(申候)의 노여움은 극에 달했다. 그는 어떻게 해서든 주유왕의 잘못을 바로잡고 싶었다. 하지만 아무리 옳은 소리를 해도 듣지 않는 왕이 아닌가? 무력으로 그를 제압하는 수밖에 없었다. 그렇지만 그가 먼저 주유왕을 공격할 수는 없었다. 천자를 먼저 공격하면 천하의 명분을 얻을 수가 없었다. 그래서 먼저 신후는 왕에게 상소문을 올렸다. 여색에 빠져 나라를 망치는 일을 그만두라는 직격탄이었다. 노한 주유왕은 군대를 일으켜 신나라를 토벌하려 했다. 이제 주유왕과 대적해 싸울 명분이 생긴 셈이었다. 하지만 신나라 군대만으로 왕의 직할 군대인 왕사군(王師軍)과 대적할 수는 없었다. 신후는 전쟁에 능한 북쪽 오랑캐인 견융(犬戎)에 도움을 청하는 한편,

증(繒)나라와 서이(西夷)에도 원군을 요청해 호경으로 진격한다. 신나라는 남쪽에서 밀고 올라가고 견융은 북쪽에서 쳐내려왔으며 증나라와 서이는 동쪽에서부터 황하를 끼고 호경을 향해 쳐들어왔다.

신후를 맹주(盟主)로 한 4개국 연합군이 호경으로 쳐들어온다는 소식을 들은 주유왕은 대경실색했다. 국방에 신경 쓰지 않은 데다 훌륭한 인재가 모두 곁을 떠났으니 변변히 나가 싸울 장수가 있을 리 없었다. 괵석보만이 곁에 있을 뿐이었다. 괵석보는 어쨌든 봉화를 피우자고 했다. 주 왕실로부터 공식적으로 제후의 관작을 받은 나라가 170여 개국이었으니 몇 나라만 달려와도 적을 포위 공격할 수 있으리라는 심산이었다. 하지만 어쩌랴! 아무리 열심히 봉화를 올려도 군사를 거느리고 오는 제후는 하나도 없었다. 또 포사를 웃기려고 봉화를 피웠으리라 짐작하고 아무도 움직이지 않은 것이다. 그제야 주유왕은 정백 우의 말을 듣지 않은 것을 후회했지만 이미 엎질러진 물이었다.

할 수 없이 괵석보가 무장을 하고 나섰지만 변변히 싸워보지도 못하고 견융 장수의 칼에 목이 날아갔다. 괵석보가 죽자 견융 왕을 앞세우고 견융군이 물밀듯이 성안으로 밀려 들어왔다. 그들은 저항하는 왕사군을 닥치는 대로 해치우고 마음껏 노략질을 했다.

사태가 다급해지자 주유왕은 포사와 백복을 마차에 태우고 뒷문으로 궁성을 빠져나갔다. 그들이 궁성 밖으로 나왔을 때였다. 한 무리의 병사들이 오른편에서 나타났다. 주유왕은 적들인 줄 알고 온몸의 힘이 빠졌다. 그런데 하늘이 도왔는지 그들은 바로 정백 우가 이끄는 군사였다. 주유왕은 감격했다.

봉화가 올랐을 때 정백 우는 다른 제후들과 마찬가지로 또 포사를 웃기려고 하는 짓이라는 의심이 들었으나 혹시나 하는 마음으로 병사들을 이끌고 호경으로 달려온 참이었다. 정백 우는 주유왕을 일단 여산으로 피신시켰다. 하지만 곧 견융 병사들이 여산까지 추격해왔다. 정백 우는 겨우 포위망을 뚫고 자신이 다스리는 정(鄭)나라로 가는 길목으로 접어들었다. 정백 우는 용감하게 싸웠지만 중과부적이었다. 그는 적의 화살에 맞아 장렬하게 죽음을 맞았다. 주유왕을 돕던 단 한 명의 신하 정백 우가 죽었으니 견융 병사들의 앞을 가로막을 것은 전무했다. 그들은 주유왕과 포사와 백복을 사로잡아 자기네

왕에게 데려갔다. 주유왕은 두 손을 모은 채 견융 왕 앞에 무릎을 꿇고 엎드렸다.

견융 왕은 목숨만 살려주면 모든 보물을 다 주겠다고 애걸하는 주유왕의 목을 단칼에 날려버렸다. 주 왕실의 천자로서는 너무나 비겁하고 비참한 최후였다. 그는 그 옆에 있던 소년의 목도 날려버렸다. 이제 겨우 여섯 살인 태자 백복이었다.

하지만 견융 왕은 그 옆에 얼음처럼 차가운 표정을 하고 앉아 있던 여인, 아들의 목이 날아갔는데도 눈 하나 꿈쩍하지 않던 여인은 죽이지 않고 마차에 태워 궁성으로 돌아갔다. 주유왕 11년에 벌어진 일이었다.

견융 왕이 주유왕을 죽인 것을 안 신후는 크게 탄식했다. 그의 목적은 왕을 바로잡으려는 것이었지 왕을 죽이고 혁명을 일으키려는 것이 아니었기 때문이다. 그는 견융 왕에게 본국으로 돌아가라고 권했다. 하지만 견융 왕은 계속 궁에 머물며 마치 주나라 왕처럼 행세했다. 그는 포사를 옆에 끼고 지냈다. 신후는 각국 제후들에게 밀사를 보내어 함께 오랑캐를 몰아내자고 제안했다. 정백 우의 아들이 뒤를 이어 다스리던 정나라를 비롯해 진(晉)나라와 진(秦)나라, 위(衛)나라가 장수와 병사를 보냈다. 신후의 군대와 이들 연합군은 안팎으로 호응하여 견융을 물리치는 데 성공했다. 견융 왕은 살아남은 병사들을 이끌고 겨우 빠져나갔다. 옆에 끼고 살던 포사는 돌아볼 틈조차 없었다. 포사는 스스로 비단 끈에 목을 매달았다.

부모가 누구인지도 모르게 태어나 주나라 왕후의 신분까지 오른 포사는 그렇게 자살로 생을 마감했다. 과연 그녀는 주나라를 망하게 한 장본인이었을까, 아니면 망해가던 주나라 왕실의 무능과 부패를 대신 뒤집어쓴 희생양이었을까? 여러분 각자 판단해보기 바란다.

신후는 제후들을 모아 놓고 회의를 했다. 누구를 새로운 천자에 올릴 것인지 결정하기 위해서였다. 그 자리에서 모두들 폐위되었던 태자 의구를 왕위에 추대했는데 그가 주나라 제13대 왕인 주평왕(周平王)이다.

주평왕은 왕위에 오르자마자 이번 난리를 신속하게 처리한 여러 제후들에게 논공행상을 실시했다. 위나라 제후는 후작에서 공작으로 지위가 올랐고 진문후(晉文侯)에게는 하내(河內) 땅을 속국으로 내주었다. 그리고 주나라를 위해 전사한 정백 우에게 환공(桓公)이라는 시호를 내려, 그는 죽은 후 정(鄭)나라 시조 정환공이 되었다. 이 논공행상에서 우리가 주목할 것은 진(秦)나라가 제후의 반열에 서게 되었다는 사실이다. 제후국이 아니면서도 군사를 이끌고 와서 공을 세운 진나라 군주 영개(嬴開)가 백작에 오른 것이다. 영개는 죽은 후 양공(襄公)이라는 시호를 받는데 이 진양공(秦襄公)이 바로 진(秦)나라 초대 임금이다. 주나라가 천자의 나라로 있을 때 제후국에 속하지도 못했던 진나라가 550여 년 후 중국 전체를 통일하는 강국이 되는 단초가 이때 마련된 셈이다.

한편 주평왕은 이번 난리의 주모자인 동시에 수습의 공로자인 신후에게 아무런 벌도 상도 내리지 않았다. 따로 조정의 벼슬도 내리지 않고 그대로 후작에 머물게 했다. 신후로서는 얻은 것도 잃은 것도 없는 결과였지만 주 왕실에는 돌이킬 수 없는 상처를 남겼다. 그는 천자에게 대항함으로써 주나라의 권위를 땅에 떨어뜨렸다. 주나라와 천자가 별것 아니라는 생각을 제후들이 품게 만든 것이다. 또한 주나라의 무력이 별 볼일 없다는 사실이 훤히 드러났다. 제후들은 '힘만 있으면 주나라도 얼마든지 거꾸러뜨릴 수 있구나'라고 생각하기 시작했다. 아니다. 실은 신후가 그런 생각을 심어준 것이 아니라 이미 제후들이 그런 생각을 하고 있었는지 모른다. 주평왕이 왕위에 오를 때 축하 사절단을 파견한 제후국이 불과 9개국에 불과했다는 사실이 그것을 입증한다. 170개국 중 겨우 9개국의 축하를 받는다? 그러고도 모든 제후들을 호령하는 군주라 할 수 있을까!

여기에다 견융은 툭하면 주나라 영토를 침공해 왔으며, 왕실 재정마저 바닥이 났다. 주평왕은 견딜 재간이 없어 호경에서 낙양(洛陽)으로 도읍을 옮기기로 결정했다. 주평왕 원년(기원전 770)의 일이었다. 역사가들은 주무왕 때부터 주유왕 때까지를 서주(西周)라 하고, 주평왕 때부터 기원전 256년 주나라가 완전히 멸망하는 때까지를 동주(東周)라고 부른다. 주평왕이 즉위한 기원전 770년에 사실상 봉건시대 군주국으로서 주나라의 역할은 끝이 났다. 이후 주나라는 이름만 남아, 제후국의 맹주 역할을 한 것이 아니라 약소 제후국 중 하나로만 존재한다. 그리하여 마침내 춘추시대라는 새로운 역사의 막이 오른다.

춘추시대 첫 번째 패자 제환공의 등장

부자가 망해도 3년은 간다고 했다. 아무리 망해도 3년 정도는 먹고살 만한 재산이 남아 있다는 말이다. 주나라의 경우가 그렇다. 주나라는 망했으되 망하지 않았다. 그 상태가 약 550년간 지속된다. 망하면 망한 거고 아니면 아닌 거지 망했으나 망하지 않았다니? 그런 상태가 550년이나 지속되다니? 도대체 무슨 말인가?

여기서 잠깐 역사 공부 좀 하기로 하자. 사실 주나라가 망하는 건 시간문제였다. 건국 후 300년이나 서주(西周)시대가 지속된 것도 놀라울 정도다. 주나라는 넓은 중국을 통치하기 위해 봉건제를 실시했다. 봉건제가 무엇인가? 전국을 여럿으로 쪼개어 왕가의 핏줄들에게 나누어준 제도다. 물론 공이 큰 신하에게도 제후의 자리를 주었다. 하지만 아무 공신에게나 준 것이 아니다. 거의 한 핏줄처럼 충성심이 남다른 사람에게만 주었다. 이론상으로는 아주 완벽하다. 주나라 군주와 봉건 제후들은 한 핏줄로 이어져 있으니 한 가족이나 마찬가지다. 주나라를 중심으로 가족끼리 화기애애하게 지내기만 하면 된다.

그런데 여기에는 커다란 허점이 있다. 세월이 흐르면 그런 혈연관계가 흐려지는 것이다. 처음에는 형제였지만 5대쯤 내려오면 10촌이 되고 더 내려오면 말만 혈육이지 남이 되어버린다. 또 혈연으로 맺어졌다고 해서 반드시 화기애애하게 지내리라는 보장도 없다. 게다가 중국 대륙이 좀 넓은가? 일일이 챙기기도 힘들다. 다시 말하지만 그런 혈연관계를 중심으로 맺어진 국가가 300년이나 지속되었다는 것은 놀라운 일이다.

게다가 각 나라 제후들은 자신의 봉국(封國)에서 왕처럼 행세했다. 요즘 식으로 말한다면 완전한 지방자치제를 실현한 셈이다. 그렇게 각각 독립된 왕국들을 묶어준 것은 주나라 군주와의 혈연관계뿐이며, 주나라 군주를 천자로 모신다는 명분뿐이다. 그런데 그 핏줄이 흐려진다. 묶어주던 끈이 끊어진다. 그렇게 되면 주나라가 중심 군주 행세를 제대로 할 수 있을 리 만무하다. 주나라 왕과 제후들이 남남이 되어버리고 제후들끼리도 남남이 되어버린다. 앞서 보았듯이 주평왕 즉위식에 축하 사절단을 파견한 제후국이 9개국에 불과했다는 사실이 분명하게 그것을 증명한다. 그런 맥락에서 봉건제도 아래서 중심 군주 노릇을 하던 주나라는 망했다.

위에서 군림하던 중심이 사라지면 어떻게 해야 할까? 가장 좋은 해결책이 있다. 제후들끼리 협의하여 현 상태를 그대로 유지하면 된다. 자신이 제후로 있는 나라를 잘 다스리는 데 만족하면서 이웃 나라와 사이좋게 지내면 된다. 만일 그랬다면 지금의 중국은 존재하지 않을지 모른다. 거대한 중국 대륙은 여러 나라로 쪼개져 있을지 모른다.

하지만 중국은 이미 주나라를 중심으로 뭉쳤던 경험이 있다. 천하 경영을 이미 경험했다는 뜻이다. 주나라가 군주국 지위를 상실하자 각 제후들이 그 자리를 차지하려는 꿈을 꾼다. 춘추전국시대 제후들은 단순히 자신의 영토와 지배권을 넓히려고 싸웠던 것이 아니다. 거대한 천하를 다스리려는 꿈을 간직한 채 각축을 벌인 것이다. 춘추전국시대 제후들 간의 싸움은 골목대장들의 영역 싸움과는 전혀 다르다. 국가를 경영한다는 큰 꿈을 가진 사람들의 경연장이 바로 춘추전국시대의 중국 대륙이었다. 그런 꿈을 갖지 않은 자는 작은 나라의 제후로 만족하거나 일찍이 그 각축장에서 밀려날 수밖에 없었다.

그렇다면 춘추전국시대 제후들은 노골적으로 천하 경영의 야심을 드러냈을까? 그렇지 않다. 그들은 모두 명분을 내세웠다. 무슨 명분일까? 나라를 어지럽힌 자를 벌하고 오랑캐의 침입으로부터 나라를 보호한다는 명분이었다. 좀 어려운 말을 쓰면 '존왕양이(尊王攘夷)'라는 명분이다. '왕실을 존중하고 오랑캐를 물리친다'는 뜻이다. 이때의 왕실은 물론 주나라 왕실이다. 묘한 역설이다. 주나라가 망한 덕분에 천하를 경영하겠다는 야심을 가질 수 있게 되었는데, 망한 주나라를 보호한다는 명분을 방패 삼아 그 야심을 드러내니 모순도 이만저만이 아니다. 춘추전국시대 주나라는 그런 명분을 제공하는 역할을 한다. 비록 소국이지만 완전히 사라지지는 않았기 때문이다. 봉건제도 군주국으로서 주나라는 실질적으로 망했지만, 야심만만한 제후들이 들고 일어날 명분을 제공했다는 의미에서 주나라는 아직 망하지 않았다. 그래서 주나라는 망했으나 망하지 않았다고 말한 것이다.

춘추전국시대의 야망에 찬 제후들은 천하 경영의 꿈을 가진 사람들이었다. 그러나 겉으로는 명분을 내세웠다. '천자를 중심으로 다시 뭉치자.' '주나라를 위협하는 나쁜 놈들을 몰아내자.' '천하를 어지럽힌 자들을 벌하자.' '천하의 주인을 되찾자.' 이것이 그들이 내건 명분이었다. 이 명분에 어긋나면 그 각축장에 아예 발을 붙이지도 못했다. 그래서 춘추전국시대의 싸움은 언제나 명분을 앞세운 싸움이었다.

춘추시대에 그 각축장에서 일시적으로 중심이 되었던 제후들이 바로 패자(覇者)들이다. 잠시나마 천하의 패권(覇權)을 쥐었던 영웅들이다. 하지만 패자는 최후의 승자가 아니었다. 아직 명분상 주나라의 왕, 즉 천자가 존재하고 있었기 때문이다. 봉건제도는 무너졌지만 봉건 군주는 아직 명분으로 남아 있었다. 왜 그랬을까? 아직 봉건제를 대체할 새로운 제도를 마련하지 못했기 때문이었다. 방대한 중국 땅의 진정한 새 주인이 되려면 봉건제와는 완전히 다른 방식으로 나라를 다스려야 했다. 거대한 영토와 수많은 인구를 포용할 수 있는 새로운 제도를 만들어야 했다. 주나라를 중심으로 한 명분을 없애고 새로운 명분을 만들어야 했다. 정말로 어려운 일이었다. 그래서 춘추시대 춘추오패(春秋五霸)와 전국시대 전국칠웅(戰國七雄)의 천하 통일을 향한 꿈과 도전이 550여 년간이나 길게 이어졌고, 그런 시행착오 덕분에 진시황의 마무리가 가능했다. 진나라의 천하 통일에 앞서 춘추오패와 전국칠웅에 대해 살펴봐야 하는 것은 이 때문이다.

춘추오패란 춘추시대에 패권을 잡았던 다섯 제후를 가리킨다. 제(齊)나라의 환공(桓公), 진(晉)나라의 문공(文公), 초(楚)나라의 장왕(莊王), 오(吳)나라의 왕 합려(闔閭) 또는 부차(夫差), 월(越)나라의 왕 구천(勾踐)이 그들이다. 그중 첫 패자는 제나라 환공이었다. 그는 관중(管仲)이라는 뛰어난 인물의 도움으로 패자의 자리에 오른다. 이제부터 제환공(齊桓公: ?~기원전 643) 이야기를 해보기로 하자.

제환공이 춘추시대 첫 번째 패자가 될 수 있었던 것은 전적으로 관중의 도움 때문이었다. 관중이라는 이름은 그리 낯설지 않을 것이다. 친구 사이의 참된 우정을 흔히 '관포지교(管鮑之交)'라고 표현한다. 관포지교란 관중과 포숙아(鮑叔牙, 또는 포숙)

사이의 남다른 우정을 가리킨다. 제환공의 패업을 도운 관중이 바로 그 관포지교의 관중이다.

관중의 도움이 없었다면 제환공은 패자가 될 수 없었다. 누구나 인정하는 사실이다. 그런데 제환공이 없었다면 관중 또한 자신의 뛰어난 능력을 발휘할 수 없었을 것이다. 관중을 받아들여 중용했다는 사실, 그것이 바로 제환공의 위대함을 증명해준다. 지도자의 중요한 자격 요건 중 하나가 바로 훌륭한 인물을 거두어 쓸 줄 아는 능력이다. 인사(人事)가 만사(萬事)의 근본임은 예나 지금이나 마찬가지다. 제환공이 그런 지도자였다. 도대체 제환공과 관중은 어떤 사이였고, 둘 사이에 무슨 일이 있었기에 관중을 중용한 제환공은 천하의 패권을 잡을 수 있었을까? 그 사연을 알려면 관중과 포숙아 이야기를 먼저 해야 한다.

관중은 영수(潁水) 유역의 영상(潁上) 마을에서 태어났다. 영수는 지금의 안후이성(安徽省, 안휘성) 서북부와 허난성(河南省, 하남성) 서부에 걸쳐 흐르는 강이다. 춘추시대 지도에서 정(鄭)·송(宋)·진(陳)·채(蔡)나라의 접경 지역을 찾아보고 그 근처로 알면 된다. 바로 이웃해 북동쪽으로 노(魯)나라가 있고 더 동쪽에 제나라가 있다.

한편 포숙아는 제나라 사람이다. 관중과 포숙아가 언제 어떻게 만났는지는 정확히 알려진 사실은 없다. 사람들이 짐작하기로는 관중이 어렸을 때 집안이 고향 영상을 떠나 제나라 수도인 임치(臨淄)로 이사한 것으로 본다. 사람들이 확실하게 알고 있는 사실은 관중 집안은 무척이나 가난했고 반대로 포숙아 집안은 아주 유복했다는 것이다. 그런데도 둘은 어려서부터 늘 함께 어울렸고 말년까지 남들에게 모범이 되는 친구 관계를 유지했다.

그들 사이의 우정에 대한 이야기는 직접 관중의 입을 통해 나온다. 먼 훗날 이야기지만 제환공 밑에서 재상이 되어 영광된 나날을 보내던 관중이 어느 날 연회에서 포숙아의 손을 잡고 여러 사람 앞에서 말한다.

내가 포숙아와 함께 장사를 한 일이 있었다. 그런데 이 익을 나눌 때 포숙아는 내 몫을 자신 몫의 두 배나 쳐주었다. 사람들이 나를 탐욕스러운 자라고 비난했다. 그러면 포숙아가 말했다.

"그는 가난하고 식구가 많아서 내가 더 가져가라고 한 것이니 그를 비난하지 마라."

나는 싸움터에서 여러 번 도망친 적이 있었다. 사람들이 나를 비겁하다고 욕했다. 그러자 포숙아가 변명했다.

"관중은 절대로 비겁한 사람이 아니다. 그에게는 봉양해야 할 노모가 계시기에 함부로 죽을 수 없다."

나는 세 번이나 벼슬길에서 쫓겨난 적이 있었다. 사람들이 나를 무능하다고 비난했다. 포숙아는 그런 나를 변명해주었다.

"그의 재능은 그런 작은 직책에 어울리지 않는다. 그는 자신의 재능을 알아주는 군주를 만나면 천하를 다스릴 만한 능력을 지니고 있는 사람이다."

마침내 관중은 유명한 명언을 남긴다.

나를 낳아준 사람은 부모님이지만, 나를 알아준 사람은 포숙아다!

바로 이 명언에서 '관포지교'라는 말이 유래했다.

관중보다 먼저 제나라에서 벼슬을 하고 있던 포숙아는 관중을 제희공(齊僖公)에게 천거한다. 제희공은 제나라의 13대 군주다. 제희공은 관중을 둘째 아들 규(紏)의 보좌관으로 임명한다. 당시 포숙아는 셋째 아들 소백(小白)의 보좌관을 맡고 있었으니 그로부터 제환공과 관중 사이에 기막힌 인연의 막이 오르는 것이다.

제희공에게는 여러 아들이 있었지만 그중 맏아들인 세자 제아(諸兒)와 둘째 아들인 규, 셋째 아들인 소백이 나름의 세력이 있었다.

포숙아가 소백의 보좌관을 맡게 된 일화가 있다. 포숙아는 제법 중요한 자리에서 벼슬을 하고 있었다. 그런데 제희공이 포숙아를 셋째 공자인 소백의 보좌관으로 임명했다. 점잖은 포숙아도 처음에는 발끈했다. 지금으로 말하자면 중앙정부 관리가 아무런 미래 보장도 없는 한직으로 밀려난 셈이었다. 소백은 겨우 제희공의 셋째 아들 아닌가? 앞날을 기대할 수 없는 인물 아닌가? 실망한 포숙아는 병을 핑계로 집에 틀어박

포숙아

『안휘서현포씨종보(安徽歙縣鮑氏宗譜)』에 실린 포숙아의 초상. 종보는 족보를 뜻한다. 유명한 당나라 시인 두보(杜甫)는 「빈교행(貧交行: 가난한 때의 사귐)」이라는 시에서 관중과 포숙아의 우정을 이렇게 노래했다. "손바닥 뒤집으면 구름이 일고 다시 엎으면 비가 내리니, / 세상인심 이처럼 어지럽고 가벼운 줄 군이 따져볼 필요 있을까. / 그대 보지 못하는가, 관중과 포숙아의 가난한 때의 사귐을. / 지금 사람들은 이 도리를 흙 보듯 대수롭지 않게 내버리네(飜手作雲覆手雨 紛紛輕薄何須數 君不見管鮑貧時交 此道今人棄如土)."

했다. 아예 사직서를 낼 생각이었다. 집에 틀어박혀 있던 포숙아에게 어느 날 관중이 찾아와 말했다.

"자네가 그 자리를 받아들여야 하는 이유를 내가 말해주겠네. 우선, 나라의 녹을 먹고 있는 이상 한직이라고 해서 이렇게 들어앉아 있는 것은 옳지 않아. 하지만 그보다 더 중요한 이유가 있다네. 지금 세자는 군주의 자리에 오르더라도 그리 오래가지 못할 걸세. 성품이 포악하고 행실도 올바르지 못하다는 거 자네도 알지 않나? 그러니 규 공자나 소백 공자 중 한 사람이 곧 왕위에 오를 거야. 자네는 미리 그 준비를 해두는 게 좋아.

내친김에 한 가지 더 이야기하겠네. 내가 지금 비록 규 공자를 섬기고 있지만 그는 욕심이 너무 많아. 게다가 어머니가 노나라의 궁녀 아닌가? 대신들이 그를 별로 좋아하지 않지. 반면 소백 공자는 약지는 않지만 인품이 온후하고 마음 씀씀이가 넓은 사람이라네. 나는 우리 제나라가 위기에 빠졌을 때 구해줄 이는 소백 공자뿐이라고 믿네. 그러니 아무 말 말고 소백 공자를 모시게. 만일 소백 공자가 군주 자리에 오르면 자네가 나를 천거해야 하네."

포숙아는 관중의 말을 듣고 그의 긴 안목에 감탄했다. 그리고 기꺼이 공자 소백의 보좌관직을 받아들였다.

제희공이 죽자 세자 제아가 군주의 자리에 오르니 그가 제양공(齊襄公)이었다. 제양공은 처음에는 비교적 능력 있는 군주였다. 양공은 초기에는 제나라의 강대해진 국력과 자신의 정치적·군사적 재능에 힘입어 위(衛)나라와 노(魯)나라, 정(鄭)나라를 직접 공격하거나 외교적 수완으로 굴복시키는 한편, 비록 작은 나라였지만 원수지간이던 기(紀)나라를 멸망시켜 병합하는 업적을 이룬다. 그의 힘에 의해 제나라는 군사 강국이된다. 하지만 그는 성정이 거칠어 무고한 사람을 함부로 죽이는 일이 잦았고 신하들을 잘 믿지 않았다. 아랫사람을 믿지 못하고 자신의 능력만 과신하는 자는 주변에 사람이 없어지는법, 결국 오래가지 못한다.

그뿐이 아니었다. 그는 참으로 부도덕한 짓을 저지른 군주였다. 세자 때부터 친누이인 문강(文姜)과 부적절한 관계를 맺었고 문강이 이웃 노나라 환공(桓公)에게 시집간 이후에도 누이동생을 잊지 못한다. 결국 그는 노환공 부부를 제나라로 초대한 후 잔치 자리에서 팽생(彭生)을 시켜 노환공을 죽인다. 힘이 장사였던 팽생은 술 취한 노환공을 부축하는 척하면서 힘껏 껴안아 갈비뼈를 부스러뜨려 살해했다. 제양공은 노환공을 죽인 후 누이 문강과 실컷 사랑을 즐긴다. 그러고는 노환공을 죽인 죄를 팽생에게 뒤집어씌워 그의 목을 베어 노나라로 보낸다. 게다가 여동생과 천하의 몹쓸 짓을 하는 데 그치지 않고 수많은 처첩을 거느린 채 사치를 즐겼다. 나라 재정이 거덜 나지 않을 수 없었다. 그러면서 정사를 제대로 돌보지 않으니 나라 꼴이 말이 아니었다.

이런 나라 형편을 보다 못한 동생 소백이 제양공 앞에 나아가 노환공의 일은 잘못이라고 말한 후 제발 누이와의 부도덕한 관계만이라도 그만두라고 간언했다. 그러자 제양공이 불같이 화를 냈다.

"어허, 이놈 봐라. 네놈이 감히 내게 이래라저래라 명령을 해? 내가 노환공을 죽였다고? 내 이미 팽생의 목을 쳐서 노나라에 보냈거늘, 어찌 그 일을 다시 거론한단 말이냐? 주둥이 함부로 놀리지 못하도록 네 목을 쳐야겠다."

놀라서 도망치듯 궁중을 나온 소백은 그 길로 포숙아를 찾아갔다. 사실 그에게 간언을 하도록 권한 사람은 포숙아였다.

"형님의 불같은 성격에 가만있을 것 같지는 않고, 어찌하면 좋겠소?"

포숙아가 한숨을 내쉬며 말했다.

"임금께서 그렇게 나올 줄은 저도 몰랐습니다. 이대로 이 나라에 있다가는 공자께서 해를 당할 것입니다. 한시라도 빨리 이웃 나라로 망명하셔서 후일을 도모하는 게 좋을 것 같습니다."

그날 밤 소백과 포숙아는 임치를 빠져나와 이웃 거(莒)나라로 망명했다. 가까운 곳에 머물다가 상황이 변하면 재빨리 돌아오기 위해서였다.

관중은 소백이 포숙아와 함께 이웃 나라로 도망쳤다는 소식을 들었다. 그는 제양공이 곧 몰락하리라는 것을 정확히 꿰뚫어 보았다. 그리고 군주 자리를 놓고 규와 소백 두 공자 사이에 치열한 다툼이 있으리라는 것을 내다보고 있었다. 그럴 경우 나라 밖에 있는 것보다는 나라 안에 남아 있는 게 훨씬 유리하다고 판단했다. 그래서 그는 제양공에게 몇 번이나 간언하려는 공자 규를 말렸다. 그러면서 말했다.

"세상만사는 다 때가 있는 법입니다. 현자가 때를 만나지 못하면 깊은 곳에 숨어 은거하는 것도 그 때문입니다. 공자께서는 부디 왕의 비위를 건드리지 마시고 조용히 침묵하고 계십시오. 때가 온 후 날개를 펼쳐도 늦지 않습니다."

그의 예상은 맞았다. 평소 제양공에게 홀대를 받아 불만이 많던 연칭(連稱)과 관지보(管至父)가 제양공의 사촌 동생 공손무지(公孫無知)와 공모해서 제양공을 살해한 것이다. 제양공이 왕위에 오른 지 13년째 되는 기원전 686년의 일이었다. 하지만 관중의 예상을 빗나간 게 있었다. 관중은 제나라의 충신들인 원로 고혜(高傒)나 대부 옹름(雍廩)이 제양공을 죽이고 사직을 바로잡으려 들 것이라고 예상했다. 그들이 제양공을 죽인다면 규와 소백 둘 중 하나를 군주로 맞이하리라고 판단했다. 하지만 제양공을 죽인 자들은 제양공에게 개인적인 원한을 가진 연칭과 관지보였다. 그들은 제나라 사직에는 관심이 없었다. 그런 자들이 제양공의 사촌 동생인 공손무지와 결탁해 난을 일으켰고 그 결과 정통성이 없는 공손무지가 군주의 자리를 차지해버린 것이다.

관중은 즉각 위기감을 느꼈다. 정통성이 없는 자가 왕위를 차지했으니 우선 정통성을 지닌 공자 규부터 죽이려 들 것이다. 관중은 공자 규를 모시고 쥐도 새도 모르게 제나라를 빠져 나왔다. 그리고 노나라로 향했다. 공자 규의 어머니는 노나라의 궁녀였고, 노환공의 뒤를 이은 노장공(魯莊公)은 누이 문강의 아들 즉 그의 조카였으니 노나라는 안전했다.

공손무지 천하는 1년을 가지 못했다. 제나라 원로들인 고혜와 옹름이 계략을 짜서 공손무지를 살해한 후 연칭과 관지보까지 죽여버린 것이다. 이제 공석이 된 왕위를 빨리 채우는 일이 남았다. 제나라 귀족들은 모여서 회의를 열었다. 순서대로 한다면 둘째 공자인 규가 임금이 되는 것이 당연했다. 하지만 그의 출신이 마음에 걸렸다. 그의 외가가 바로 이웃 노나라였기 때문이었다. 이웃 나라끼리는 사이가 좋기보다는 경쟁 관계인 경우가 더 많기 마련이다. 경쟁 국가의 핏줄이 닿아 있는 규를 군주로 모시는 것이 께름칙했다. 게다가 대부들 사이에서 소백의 인기가 더 좋았고, 원로대신 고혜는 소백의 스승이기도 했다. 제나라 귀족들은 소백을 왕으로 모시기로 결정했다.

통보를 들은 소백과 포숙아는 경무장한 전차 50승(乘)을 거느리고 서둘러 제나라 임치를 향해 달렸다. 왕의 자리가 비었는데 공자 규가 가만히 있을 리 없었다. 제나라 귀족들이 자신을 왕으로 모시기로 결정했다지만 공자 규가 임치에 먼저 도착하면 그가 왕위에 오를 것이다. 공자 규보다 먼저 임치에 도착하기 위해서는 서둘러야만 했다.

그 무렵 공손무지 일파가 고혜와 옹름에 의해 제거되었다는 소식이 노나라 수도 곡부(曲阜)에 있던 공자 규에게도 전해졌다. 그의 기쁨은 이루 헤아릴 수 없이 컸다. 제나라 임금 자리는 당연히 자신의 몫이라고 믿어 의심치 않았다. 그러나 기쁨은 오래가지 않았다. 제나라 대부들이 소백을 왕으로 모시기로 결의했다는 소식이 이어서 들려온 것이다. 규는 입술을 부르르 떨었다. 그는 누님인 문강을 찾아가 호소했다. 문강은 아들 노장공을 불러 말했다.

"규가 제나라 임금이 되면 노나라와 제나라는 한결 가까워질 것이다. 들자 하니 제나라 대부들이 소백을 임금으로 앉히기로 했다는데 가만 두고 볼 일이 아니다. 너는 빨리 규를 호위해 제나라로 들어가 그를 임금에 앉히도록 해라."

노장공은 효자였다. 그는 전차 300승을 이끌고 친히 제나라로 떠날 준비를 했다. 그 소식을 들은 관중이 급히 노장공을 찾아갔다.

"지금 소백은 제나라와 가까운 거나라에 머물고 있습니다. 지금쯤 성을 출발했을 것입니다. 소백이 먼저 도착해서 군주의 자리에 오르면 이미 때가 늦습니다. 대군을 이끌고 가다가는 늦을까 두렵습니다. 청컨대 제게 전차 30승만 빌려주십시오. 그러면 바람같이 임치로 달려가 모든 일을 제대로 처리해 놓은 후 전하와 공자를 맞이하겠습니다."

노장공이 쾌히 승낙하자 관중은 전차 30승으로 구성된 기동부대를 이끌고 먼저 출발했다. 규와 소백 두 형제간 귀국 경쟁이자, 절친한 친구 사이인 관중과 포숙아 사이의 권력 쟁취 경쟁이 시작된 것이다.

노나라 수도 곡부를 출발한 관중은 먼저 도착한 사람이 임금이 될 것이라는 확신이 있었다. 제나라 대신들이 소백을 왕으로 모시기로 결정했다 하더라도 공자 규가 먼저 도착하면 대세가 바뀌리라고 확신했다.

곡부와 거성에서 제나라 수도 임치까지 거리는 비슷했다. 관중은 소백이 먼저 출발했을까봐 걱정이었다. 그래서 한결 속도를 냈다. 별동대가 동양(東陽)이라는 땅을 지날 무렵이었다. 그곳에서 그는 얼마 전에 소백과 포숙아가 거나라 병사를 거느리고 동양을 통과했다는 소식을 들었다. '아뿔싸' 하는 마음에 그는 전속력으로 소백의 뒤를 쫓았다.

그렇게 30리가량 달렸을까, 마침내 거나라 병사들을 따라잡을 수 있었다. 거나라 병사들은 밥을 지어 먹느라 전차를 세워놓고 쉬고 있었다. 관중이 멀리서 바라보니 소백과 포숙아가 수레 위에 나란히 앉아 이야기를 나누고 있었다. 관중은 군사를 몰아 공격하는 것은 불가능하다고 생각했다. 예상 밖으로 거나라 군사들이 많았고 질서정연하게 소백을 호위하고 있었던 것이다.

관중은 입술을 깨물며 중대 결심을 했다. 그는 홀로 말을 타고 소백 앞으로 갔다. 그는 예를 갖추어 소백에게 인사했다. 소백은 느닷없이 나타난 관중을 보고 놀랐지만 침착하게 답례했다. 그러자 관중이 시치미를 떼고 어디로 가시는 길이냐고 물었다. 그러자 소백이 대답했다.

"정말 몰라서 묻는 거요? 형님이 돌아가셨으니 임치로 돌아가는 게 당연하지 않소."

"지당하신 말씀입니다. 하오나 공자께서는 이곳에서 규 공자님을 기다리시는 게 도리라고 생각합니다. 규 공자께서 돌아가신 왕의 바로 아래 동생이시니 그분이 이번 장례에서 주인 노릇을 해야 합니다. 그분이 도착하시면 길을 내어드리고 뒤를 따르시는 게 도리가 아니겠습니까?"

관중이 형제간의 순서를 따지고 나오자 소백은 말문이 막혔다. 그때 곁에 있던 포숙아가 큰 소리로 호통을 쳤다.

"자네 썩 물러가게! 우리는 각기 다른 주인을 섬기고 있네. 자네가 어찌 우리 주인께 이래라저래라 할 수 있단 말인가?"

관중은 슬쩍 눈길을 돌려 주위를 살폈다. 거나라 병사들이 자신이 꿈쩍이라도 하면 당장에 달려들 듯이 노려보고 있었다. 그는 물러설 수밖에 없었다. 그는 말머리를 돌려 그곳을 떠났다. 등 뒤로 자신을 날카롭게 쏘아보는 눈초리들을 느낄 수 있었다.

그렇게 소백으로부터 얼마간 멀어지자 관중은 경계의 눈초리가 풀어진 것을 직감으로 느낄 수 있었다. 그는 잡고 있던 말고삐를 놓고 재빨리 활을 들어 몸을 돌림과 동시에 소백을 향해 화살을 날렸다. 화살은 곧장 소백의 아랫배를 향해 날아갔다. 소백은 수레 바닥에 쓰러졌다. 그의 입술 사이로 붉은

피가 흐르고 있었다. 관중이 날린 화살은 정확히 소백을 맞힌 것이다.

갑자기 날아온 화살에 소백이 그대로 쓰러지자 너무 놀란 포숙아는 황급히 소백을 부축했다. 하지만 소백의 몸은 축 늘어진 채 꼼짝도 하지 않았다. 포숙아의 입에서는 저절로 곡성이 터져 나왔다.

소백이 죽은 것을 확인한 관중은 재빨리 전차를 몰아 노나라 별동대가 있는 곳으로 갔다. 그리고 병사들에게 뒤를 따르라고 외치며 쏜살같이 전차를 몰았다. 임치로 향하는 것과는 반대 길이었다. 거나라 병사들의 추격이 없음을 확인한 그는 느긋하게 길에서 노장공과 규를 기다렸다. 그들이 도착하자 관중은 소백을 죽인 일을 보고했다. 그들은 축배를 든 후 여유롭게 임치를 향해 길을 떠났다. 조급하기 짝이 없던 여정이 즐겁기 그지없는 여정으로 바뀌었다.

사실 소백은 관중의 화살에 죽은 것이 아니었다. 만일 그때 소백이 죽었다면 관중과 제환공 간의 기막힌 관계는 없었을 것이다. 관중의 계획대로 공자 규가 제나라 임금이 되었다면 춘추시대의 역사는 달라졌을지도 모른다. 하늘의 뜻이었을까! 관중이 날린 화살은 분명히 소백의 아랫배를 맞혔다. 하지만 더 정확히 말하면 소백의 허리띠 쇠고리를 맞혔을 뿐이었다.

그렇다면 소백은 왜 입에서 피를 흘리며 쓰러졌을까? 소백은 관중이 명사수임을 알고 있었다. 그는 화살이 날아오는 순간 이젠 꼼짝없이 죽는 줄 알았다. 하지만 천행으로 화살은 허리띠 쇠고리에 맞았다. 그는 안도의 한숨을 내쉼과 동시에 입술을 깨물어 피를 흘렸다. 그리고 수레 바닥에 죽은 듯 엎드렸다. 명사수 관중이 또다시 화살을 날릴까봐 순간적으로 기지를 발휘한 것이다. 그는 예상치 못한 위기의 순간에도 그런 기지를 발휘할 만큼 영민한 인물이었다. 그의 연기가 하도 감쪽같아서 곁에 있던 포숙아마저 완전히 속아 넘어간 것이다.

포숙아가 고개를 숙인 채 큰 소리로 울고 있는데 뒤에서 작은 목소리가 들렸다.

"아니, 그대는 무슨 일로 그렇게 목 놓아 울고 있는가?"

깜짝 놀란 포숙아는 고개를 돌렸다. 그러자 죽은 줄 알았던 소백이 빙그레 웃고 있는 것이 아닌가! 그제야 포숙아는 하늘이 무너지는 듯했던 가슴을 진정시키며 길게 안도의 한숨을 내쉬었다.

결국 소백과 포숙아 일행은 규와 관중 일행보다 훨씬 앞서 임치에 도착했다. 제나라 대부들은 그들을 반갑게 맞이했고 소백은 제나라의 임금 자리에 올랐다. 그가 바로 춘추시대 최초로 패업을 이룩한 인물이자 그 시대 최고의 명군으로 꼽히는 제환공(齊桓公)이다. 기원전 685년의 일이었다.

그 급박한 위기의 순간에 놀라운 지혜를 발휘한 제환공! 그것만으로도 그는 자신이 모든 제후들을 통합할 만한 위인임을 충분히 보여준 셈이다. 하지만 그것만이 아니었다. 후에 그는 경쟁자의 수하였던 관중을 자기 품 안에 받아들였다. 이것이야말로 그가 진정으로 한 시대를 풍미할 만큼 큰 그릇을 가진 영웅임을 여실히 증명하지 않는가! 자신을 향해 화살을 날린 자, 비겁하게 몰래 자기를 죽이려던 자, 자기가 죽은 줄 알고 기뻐하던 자를 용서하고 품는다는 것이 어디 쉬운 일이겠는가? 아무나 할 수 있는 일이겠는가?

제환공, 관중을 받아들이다

　공자 규와 노장공은 소백이 죽지 않고 자신들보다 먼저 임치에 도달했다는 것을 까맣게 모르고 있었다. 그들은 대규모 군사를 거느리고 여유 있게 임치로 향했다. 포숙아는 그런 그들에게 사자를 보내 소백이 이미 임금 자리에 올랐음을 알렸다. 노장공이 군대를 되돌리기를 바라는 마음에서였다. 하지만 노장공은 사자를 꾸짖어 내친 뒤, 일전을 불사하겠다는 각오를 하고 임치로 향했다. 관중은 속전속결을 권했다. 하지만 노장공은 듣지 않았다. 이미 한 번 실패한 관중의 말을 신뢰하지 않은 것이다. 그 결과 노장공은 제나라 장군 동곽아(東廓牙)의 매복 전술에 크게 패하고 말았다. 노장공은 막대한 손실을 입은 채 공자 규, 관중과 함께 노나라로 돌아갈 수밖에 없었다. 그는 그 전투에서 좌우 대장군을 모두 잃었을 뿐 아니라 문수(汶水) 상류의 문양(汶陽) 땅까지 제나라에 빼앗기는 참패를 당했다.

노나라와 전투에서 승리해 그들의 기를 단숨에 꺾어놓았지만, 제환공은 노나라로 돌아간 공자 규를 어찌할 것인지 결단을 내리지 못했다. 당시 관습대로라면 왕위 다툼에서 진 자에게는 죽음만이 있을 뿐이었다. 하지만 비록 왕위를 놓고 다투었다 하더라도 제환공과 공자 규는 우애가 좋았다. 더욱이 그는 국내에 있지 않고 노나라에 있지 않은가? 그는 형인 공자 규를 굳이 죽일 필요가 있을까 망설였다. 그러자 포숙아가 말했다.

"한 집안에 두 주인이 있을 수는 없는 법입니다. 규 공자가 노나라에 있다는 것이 더 위험합니다. 그가 살아 있는 한 우리 제나라에는 근심이 사라지지 않을 것입니다."

포숙아는 노나라에 사람을 보내어 공자 규를 죽이라는 명령을 전하라고 제환공에게 간했다. 노나라는 패전국이니 반드시 제환공의 말을 들을 것이라며, 한시라도 빨리 실행에 옮겨야 한다고 역설했다.

제환공이 포숙아의 말대로 하겠다고 하자 포숙아가 말했다.

"전하, 그 전에 청이 하나 있습니다."

"무슨 청인가?"

"규 공자는 죽이되, 그를 모시던 관중은 죽이지 말고 우리 나라로 보내라고 하십시오."

"그렇군! 그가 거기서 그냥 죽어버리면 내 분이 안 풀릴 거야. 내 눈앞에서 도륙을 내야지."

"아닙니다. 저는 그를 죽이려고 그러는 게 아닙니다. 그를 살리기 위해서입니다."

"무슨 소리요? 그가 나를 죽이려 한 것을 그대는 잊었단 말이오?"

"잊을 리가 있겠습니까? 하지만 그를 용서해주십시오. 전하, 오늘날 제가 전하를 모시게 된 건 실은 관중 덕분입니다."

"그게 대체 무슨 소리요?"

"지난날 제가 전하의 보좌관으로 임명되었을 때 저는 불만을 품고 집에 틀어박혔었습니다. 관직에서 물러나려고 한 것이지요. 그때 그 직을 기꺼이 받아들이라고 말한 것이 바로 관중입니다. 관중은 일찍이 전하의 인물됨을 알아보았습니다. 그는 장차 제나라를 책임질 사람은 바로 전하뿐이라고 제게 말했습니다. 그가 없었다면 저는 전하를 모실 수 없었을 것입니다. 제발 그를 살려주십시오."

제환공에게 포숙아가 누구인가? 자신이 임금 자리에 오르기까지 가장 가까이서 보필해온 사람이 아닌가? 게다가 그는 자신의 스승 역할까지 한 사람이 아닌가? 결국 그 덕분에 왕위에 오를 수 있지 않았는가? 제환공은 포숙아의 간곡한 청을 받아들였다. 그는 공손습붕(公孫隰朋)을 노나라에 사자로 보내어 공자 규를 죽이고 그 목을 보낼 것과 관중을 산 채로 노나라로 압송하라는 서신을 보냈다.

노장공은 대신들과 상의 끝에 공자 규를 죽이고 관중은 제나라로 돌려보냈다. 관중의 능력을 알아본 노나라 신하들 중에는, 장차 나라에 큰 화를 입힐 인물이니 관중을 죽여야 한다고 간언한 사람도 있었다. 하지만 공손습붕이 기지를 발휘해 노장공을 설득했고, 결국 관중은 무사히 제나라로 돌아왔다. 관중을 마중 나가 반가이 맞이한 포숙아는 제환공이 뜻이 큰 사람이니 제발 그를 도와달라고 관중에게 부탁했다.

관중과 함께 임치로 돌아온 포숙아는 관중을 교외 작은 집에 머물게 한 후 혼자 제환공을 만나러 갔다. 그 자리에서 그는 엉뚱한 말을 했다.

"전하께 위로와 축하의 말씀을 올립니다."

너무 생뚱맞아서 제환공은 알아들을 수가 없었다.

"위로할 일과 축하할 일이라니 무슨 소리요?"

"나라를 위한 일이긴 하지만 전하께서 형님을 없애셨으니 이 어찌 슬픈 일이 아니겠습니까? 그래서 위로를 드리는 것입니다."

"그건 알겠소. 헌데 축하할 일이라니?"

"천하의 기재를 품에 안으셨기 때문입니다. 바로 관중이 그런 인물입니다. 그가 죽지 않고 전하의 곁으로 왔습니다. 어진 신하를 얻으셨는데 어찌 축하드리지 않을 수 있겠습니까?"

제환공은 눈살을 찌푸렸다.

"그대의 간청에 못 이겨 살려 데려오기는 했지만 그는 과인에게 활을 쏜 자요. 임금을 죽이려던 자더러 어진 신하라니, 말이 되는 소리요?"

"전하, 신하로서 자기 주인을 위해 충성을 다하는 것은 옳은 일입니다. 관중이 왜 전하께 화살을 날렸겠습니까? 그가 규 공자의 신하였기 때문 아니겠습니까? 그는 전하를 높이 평가하면서도 망설임 없이 전하께 화살을 날렸습니다. 만일 망설임이 있었다면 그것은 그가 규 공자의 신하로서 딴마음을 품고 있었다는 뜻이 됩니다. 관중은 전하를 향해 화살을 날림으로써 그의 충성심을 보여준 것입니다."

　제환공은 고개를 갸우뚱했다. 하지만 그는 큰 인물이었다. 만일 그릇이 작았다면 그는 자신에게 화살을 날린 자를 향한 개인적 원한에만 사로잡혀 있었을 것이다. 그러나 그는 평범한 한 개인이 아니라 임금답게 생각하고 행동했다. 포숙아는 제환공의 인물됨을 알았기에 관중의 행동을 '신하로서 도리'를 다한 것이라고 말할 수 있었다. 훗날 공자(孔子)는 "임금은 임금답고 신하는 신하다워야 하며 아버지는 아버지답고 아들은 아들다워야 한다"라고 했다. 이름에 걸맞게 생각하고 행동하라는 이야기다. 이것이 바로 유명한 '정명사상(正名思想)'이다. 제환공은 공자가 말한 '정명'을 분명하게 보여준 셈이었다. 제환공은 포숙아의 말을 노여움과 오해 없이 들을 수 있었다. 그리고 관중의 죄를 사면해주었다. 임금답게 생각하고 행동한 결과였다.

포숙아는 일단 그 정도로 하고 물러 나왔다. 관중이 죄인의 신분을 벗은 것만 해도 다행이었다. 이제 때가 오기만 기다리면 되었다.

제환공이 즉위한 후 제양공 이래 어지러웠던 나라는 곧 안정을 되찾았다. 그동안의 공에 따라 벼슬도 내리고 상도 주었다. 마지막으로 포숙아만이 남았다. 모두들 포숙아가 재상 자리에 오를 것이라 생각했고 제환공도 그럴 생각이었다. 그가 일등공신이라는 사실에는 아무도 이의를 제기하지 않았다. 제환공은 포숙아에게 재상이 되어 나라 운영을 맡아달라고 했다. 지금으로 말하자면 국무총리 자리다.

그러나 포숙아는 고개를 세차게 가로저었다.

"전하의 뜻은 잘 알고 있습니다. 제 입으로 말씀드리기 송구하지만 제가 전하를 위해 큰 공을 세웠다는 것도 알고 있습니다. 하지만 재상은 개인적인 정이나 공훈에 따라 내릴 수 있는 자리가 아닙니다. 나라를 다스릴 수 있는 큰 재목이라야만 그 자리를 맡을 수 있습니다."

제환공, 관중을 받아들이다

"그런 소리 마시오. 그대에게는 그 자리를 맡을 만한 능력도 있고 지혜도 있음을 내가 잘 알고 있소. 사양하지 말고 나를 도와주시오."

"전하, 저는 제 자신을 잘 압니다. 전하께서도 저를 잘 안다 하시지만 그것은 아랫사람으로서 제 모습일 뿐입니다. 저는 주어진 예법을 잘 따르고 조심하는 사람일 뿐입니다. 저는 신하된 도리를 다할 수 있을 뿐입니다. 제게는 결코 나라를 다스릴 능력이 없습니다."

제환공이 말이 없자 포숙아가 말을 이었다.

"재상이 되어 나라를 다스리는 것은 지난한 일이옵니다. 안으로는 백성을 편안하게 해주어야 하고 밖으로는 외적을 막을 줄 알아야 합니다. 또한 다른 나라 제후들에게 덕을 베풀줄 알아야 하고 국력을 부강하게 키울 줄 알아야 합니다. 그와 동시에 전하를 극진히 섬기면서 주나라 왕실에 충성을 다할수 있는 인물이어야 합니다. 저 같은 사람은 엄두도 낼 수 없는 일입니다."

제환공은 점점 포숙아의 말에 빠져 들어갔다. 동시에 그런 인재를 구할 수 있다면 얼마나 좋을까 하는 생각이 들었다.

"그대의 말은 잘 알겠소. 그런데 그런 인재가 과연 있을까?"

포숙아가 즉각 대답했다.

"있습니다."

"그게 누구요? 도대체 어디 있소? 아무리 멀리 떨어져 있더라도 내가 데려오겠소."

"바로 우리 임치에 있습니다."

"그런 인재가 우리나라 안에 있다? 내 몰랐구려. 당장 그 사람을 데려올 수 있겠소?"

"물론입니다. 데려올 수 있습니다. 전하께서도 잘 아시는 인물입니다. 바로 관중입니다."

제환공이 놀란 듯 입을 벌리자 포숙아가 태연히 말을 이어갔다.

"저는 여러 가지 점에서 관중에 미치지 못합니다. 그중 중요한 다섯 가지를 말씀드리겠습니다. 첫째, 백성들을 헤아리고 어루만지는 일에서 저는 관중만 못합니다. 둘째, 근본을 지키면서 나라를 다스리는 일에서 저는 관중만 못합니다. 셋째, 백성들의 마음을 하나로 모으는 일에서 저는 관중만 못하니다. 넷째, 예를 지키고 널리 펼치는 일에서 저는 관중만 못합니다. 마지막으로, 군사들을 다루고 전략을 세우는 일에서 저는 관중만 못합니다.

전하께서는 큰 분이십니다. 제나라를 다스리는 데 만족하시면 안 됩니다. 만일 그걸로 만족하신다면 제가 전하를 모시는 것으로 충분합니다. 하지만 전하께서는 천하를 다스리셔야 합니다. 그러려면 관중을 써야 합니다. 관중은 하늘을 알고 때를 아는 인물이며 그에 맞추어 모든 일을 행할 줄 아는 인물입니다. 관중이 이곳 전하의 땅 제나라에 있다는 것은 바로 하늘이 내리신 뜻입니다."

제환공은 자신도 모르게 입이 벌어졌다.

"하늘의 뜻이라……. 내 어찌 하늘의 뜻을 거역하겠소. 그를 만나 직접 이야기를 들어볼 테니 어서 불러오시오."

그런데 당장 반색을 하고 자리에서 일어날 줄 알았던 포숙아가 꼼짝도 하지 않고 재차 말했다.

"제가 듣기로, 상대방을 귀하게 여기지 않으면 자기 스스로 천해지며 자기 스스로 천해지면 귀한 사람의 마음을 얻을 수 없다고 했습니다. 스스로 천해진 자는 귀한 자를 부릴 수 없습니다. 전하께서 그를 가볍게 대하면 전하 스스로 가벼운 사람이 될 수밖에 없습니다. 전하께서 자신을 중히 여기신다면 반드시 그에게 예의를 갖추어 대해야 합니다. 전하께서 관중을 진정으로 원하신다면 그에게 재상 자리를 맡아줄 수 있겠느냐고 간청하십시오. 국빈의 예를 갖추어 궁 밖으로 나가 그를 맞아들이십시오.

그는 전하를 활로 쏜 원수입니다. 그런 그를 예를 다해 받아들이시면 천하의 인재들이 모두 전하의 품으로 들어올 것입니다. 세상 사람들이 모두 전하께 고개를 숙일 것입니다."

제환공은 포숙아의 말에 큰 깨달음을 얻었다.

"그대 말이 옳소. 그대 말대로 하겠소."

제환공은 궁 밖으로 나가 맞이하는 데서 그치지 않고 아예 황금 수레를 몰아 친히 관중의 집을 찾아갔다. 실은 포숙아가 그러라고 은근히 권했고, 제환공은 포숙아의 뜻을 간파하고 그대로 따랐다.

제환공이 관중을 맞아 함께 수레를 타고 궁으로 돌아오는 모습을 보고 사람들은 모두 놀랐다. 마땅히 죄수를 가두는 함거(轞車)에 갇혀 실려 가야 할 관중이 황금 수레를 타고 임금과 나란히 궁으로 가다니! 그때 이미 사람들은 제환공의 앞날에 패업의 길이 찬란하게 펼쳐지리란 사실을 짐작할 수 있었으리라! 제환공이 천하 영웅임을 마음 깊이 느낄 수 있었으리라! 자신을 죽이려 한 역도마저 예를 다해 받아들이고 포용하는 모습을 보여줌으로써 제환공은 내란으로 분열된 제나라를 통합할 수 있었다. 또한 반대편에 섰던 다른 뛰어난 인재들마저 모두 자기 아래로 들어올 수 있게 만들었다.

제환공이라는 천하 영웅은 관중이라는 천하 귀재의 도움으로 마침내 패업을 이룬다. 하지만 우리는 제환공과 관중의 이름 옆에 또는 그 위에 포숙아의 이름을 놓아야 할 것이다. 그가 아니었다면 무슨 수로 관중이 세상에 나와 뜻을 펼칠 수 있었을까! 무슨 수로 제나라가 천하를 재패할 수 있었을까! 친구와 한 약속을 지켰을 뿐 아니라 친구를 최고의 자리에 추천하고 자신은 그 아래 위치로 물러난 포숙아! 개인의 영화나 출세보다 진정으로 나라의 미래를 생각한 포숙아! 그는 진정한 대인이었다. 제나라를 패자의 나라로 만든 것은 어찌 보면 온전히 포숙아의 공로라고 말할 수도 있을 법하다.

궁으로 들어간 관중이 제환공 앞에 무릎을 꿇고 용서를 빈 것은 당연했다. 제환공은 손수 관중의 손을 잡아 일으키며 자리에 앉기를 권했다. 몇 번 사양하던 관중이 마지못해 자리에 앉자 제환공은 간곡한 어조로 물었다.

"우리 제나라는 대대로 천승지국(千乘之國)이었소. 그런데 돌아가신 임금 때부터 큰 변란이 일어나 나라가 어지러워졌소. 이번에 과인이 새로이 임금 자리에 올랐으나 아직 백성들의 마음은 불안하고 나라의 힘도 더할 수 없이 약해졌소. 앞으로 나라를 잘 다스리려면 어찌해야 하겠소?"

천승지국이란 전차 1,000대, 즉 수만 명의 군사를 보유한 나라를 말하니 대제후국이란 뜻이다. 참고로 만승지국(萬乘之國)은 천자의 나라를 뜻한다. 관중은 입을 열어 자기 마음속에 있던 뜻을 거침없이 펼쳤고 제환공은 눈앞이 훤히 밝아지는 듯했다. 두 사람은 사흘 밤낮을 쉬지 않고 이야기했다. 결국 제환공은 관중을 재상에 임명하고 마치 부모나 스승처럼 따르고 존경했다. 과연 관중은 제환공에게 어떤 이야기를 들려주었을까? 관중은 어떤 인물이며 그가 남긴 업적은 무엇일까?

공자보다 1세기 반 정도 앞서 태어난 관중의 정책은 간단히 두 가지로 요약할 수 있다. 느닷없이 공자 이야기를 하는 것은 관중이 정말 큰 인물이면서도 훗날 공자의 제자들에 의해 평가절하되었기 때문이다. 하지만 관중은 공자 이전의 가장 뛰어난 인물임이 틀림없다.

관중의 두 정책 방향 중 한 가지는 앞에서 이야기했던 존왕양이라는 명분을 분명하게 내세우는 것이었다. 주나라 천자를 받들어 모신다는 명분을 언제나 앞세우는 것, 이게 관중 정책의 핵심이었다. 그 명분이 없으면 제나라는 자기 영토 확장의 야심을 가진 일개 제후국에 불과할 수밖에 없었다. 진정으로 패자가 되기 위해서는 커다란 대의명분이 필요했다. 이미 말했듯이 실질적으로 주나라는 망했지만 봉건제도의 질서는 아직 남아 있었다. 이런 상황에서는 천자를 돕고 모신다는 명분을 유지하는 것이 천하 제패의 기본임을 관중은 정확히 꿰뚫고 있었다. 존왕양이라는 명분을 내세우면 제나라와 천하 제패를 다투는 다른 제후국들을 천하를 어지럽히는 무리로 몰아붙일 수 있었다. 다른 제후국들은 소국(小國)이 되어버린 주나라 왕실을 사실상 무시하고 있었다. 그런데 제나라는 언제나 주 왕실을 위하고 보호하며 천자를 모신다는 명분을 앞세웠다. 제후국들은 그 명분 앞에서 고개를 숙일 수밖에 없었다. 시대 상황을 정확하게 꿰뚫어 본 관중의 혜안이었다.

그러나 명분만으로 모든 일이 이루어지지는 않는다. 무엇보다 실질적 힘이 있어야 한다. 그것이 관중의 두 번째 정책 방향인 부국강병책(富國强兵策)이었다. 두 번째라지만 순서로는 제일 먼저 실행해야 할 일이었다. 부국강병책을 요즘 식으로 말한다면 경제 우선 정책이다. '나라가 강해지려면 우선 경제력이 있어야 한다는 건 너무 당연한 말 아닌가? 그런 정책을 편 관중이 뭐 그리 대단한 인물이란 말인가?'라고 생각할지도 모른다. 하지만 국가 경영에서 경제를 우선으로 삼는다는 발상은 춘추전국시대 당시에는 아주 획기적인 일이었다. 강력한 군사력을 확보하는 것이 우선이던 시대에 경제력이 무엇보다 중요하다는 사실을 알고 실천한 것, 이것이야말로 관중의 뛰어난 점이었다. 그는 밖으로 뜻을 펼치기 위해서 내실을 먼저 다져야만 한다고 역설한 것이다.

나라를 부유하게 만들고 백성들이 배부르게 해주는 것, 이것이 바로 관중 정책의 핵심이었다. 그는 농사를 중시하고 농업 생산력을 높이기 위한 정책을 강력하게 시행했다. 또한 근검절약을 국가 신조로 내세우면서 생산 물자를 직접 국가가 관리하도록 했고 국가 재정을 건전하게 운영하도록 했다. 그리고 무엇보다 지배층이 청렴결백해야 한다고 역설했다. 그는 『관자(管子)』「팔관(八觀)」편에서 이렇게 말한다.

> 나라를 다스리는 자들이 사치하면 국고를 낭비하게 되고, 그러면 백성들이 가난해진다. 백성들이 가난해지면 간사한 꾀를 내어 나라를 어지럽게 만든다.

그래서 그는 지배층의 청렴결백을 주장하면서 동시에 빈부격차를 줄이는 정책을 적극 시행했다. 세습제가 몸에 익어 부자는 영원히 부자고 가난한 자는 영원히 가난한 자라는 생각이 당연시되던 시대에 백성들의 경제적 평등을 앞에 내세웠으니 가히 혁명적이라고 할 만하다. 우리가 잘 알고 있는 "옷과 음식이 풍족해야 예절을 안다(衣食足而知禮節)"라는 말은 바로 관중이 한 말이다. 좀 더 정확하게는 "창고 안에 재산이 넉넉해야 예절을 알고 옷과 음식이 풍족해야 명예와 치욕을 안다(倉實而知禮節, 衣食足而知榮辱)"이다. 『관자』「목민(牧民)」편에 나오는 말이다. 백성들이 배가 불러야 예절도 알고 자기 나라를 귀하게 여길 수 있다. 그래야 민심을 얻을 수 있다. 관중은 민심을 잃지 않는 게 무엇보다 중요하다는 것, 그 민심을 잃지 않으려면 백성들을 배부르게 해주어야 한다는 것을 역설하고 강력하게 실천했다.

관중이 제나라 재상에 임명될 때의 재미있는 이야기가 있다. 관중과 사흘 밤낮을 쉬지 않고 이야기를 나눈 제환공은 그에게 재상 자리를 주기로 마음먹는다. 그러나 그는 관중에게 어떤 자리를 원하느냐고 짐짓 묻는다. 관중도 능청맞기는 마찬가지였다. 그는 딴소리를 한다.

"집을 지으려면 여러 그루의 나무가 있어야 합니다. 바다가 여러 줄기의 강물로 이루어지는 것과 마찬가지입니다. 전하께서 큰 뜻을 이루시려면 다섯 명의 인재를 등용하셔야 합니다."

"그래, 그게 누구요?"

제환공이 묻자 관중은 이미 다 생각해두었다는 듯이 사람들 이름을 술술 늘어놓기 시작했다. 그는 대사행(大司行: 내무부

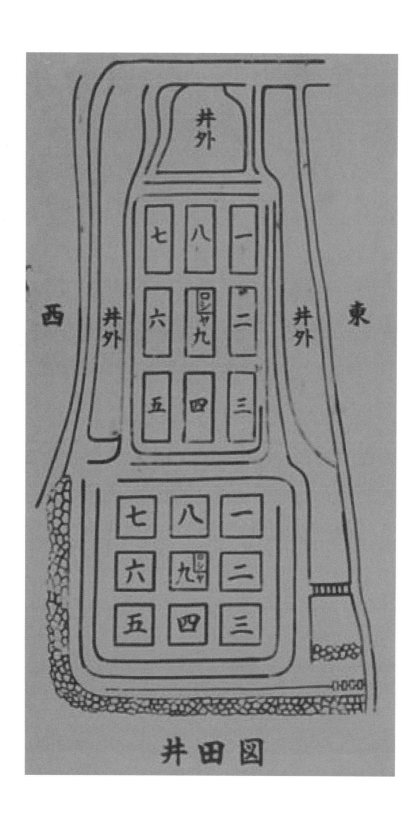

井田図

정전제와 우경

고대 중국은 농업 국가였고 당연히 국가 경제력은 농사에 크게 좌우되었다. 주나라 때 처음으로 정전제(井田制)라는 토지제도가 실시되었는데, 이 제도는 춘추전국시대 말까지 이어졌다. 정사각형의 토지를 우물 정(井) 자 모양으로 9등분해서 가운데 것은 함께 짓는 토지인 공전(公田)으로 정해 그곳에서 나는 곡식은 세금으로 바쳤으며, 나머지 8개 구역은 개인 소유 토지인 사전(私田)으로 정해 8가구가 각각 농사를 지었다. 춘추전국시대에는 우경(牛耕: 소를 이용한 농사)과 철제 농기구 사용으로 농업 생산력이 비약적으로 발전했다.

제환공, 관중을 받아들이다

장관)에 적합한 인물로 공손습붕(公孫隰朋)을, 대사전(大司田: 농림부 장관)에 알맞은 인물로 영월(寧越)을 추천했다. 관중은 공손습붕이 예의가 바르고 사리 판단이 정확하니 그 자리에 적합하다고 추천한 것이며, 개간과 농사일에 정통한 영월을 농업 최고 책임자로 추천한 것이다. 이어서 군사들을 다루는 데 뛰어난 성보(成父)를 대사마(大司馬: 국방부 장관)로, 죄가 있는지 없는지 가리는 데 뛰어난 빈수무(賓須無)를 대사리(大司理: 법무부 장관)로, 목숨을 걸고서라도 올바른 이야기를 할 만큼 강직한 동곽아(東郭牙)를 대사간(大司諫: 감사원장)으로 추천했다. 관중은 그들을 추천하면서 각 분야에서 그들이 모두 자기보다 뛰어나다는 점을 적극 강조했다.

지금으로 말한다면 정부 각 부처 최고 책임자들을 추천한 셈이다. "그대는 무슨 일을 하고 싶은가?" 하고 묻는데 장관들을 추천하다니, 자신은 그 위에서 그들을 거느리겠다는 뜻 아닌가! 제환공은 껄껄껄 웃으며 말했다.

"내 그들을 모두 그대가 말한 자리에 앉히겠소. 그대는 재상이 되어 그들을 거느리고 나를 보필해주오."

평민 출신이면서 임금 단 한 명 외에는 더 이상 윗사람이 없는 최고 자리를 떳떳이 요구한 관중이나 그 요구를 선선히 들어준 임금이나 대단한 사람이 아닐 수 없다!

관중이 재상이 되어 제나라를 부강하게 만들자 제환공은 관중을 중보(仲父)라 높여 불렀다. 주나라 문왕(文王)이 태공망(太公望) 여상(呂尚)을 상보(尚父)라 부른 것을 본뜬 것이다. 태공망은 '강태공(姜太公)'이라는 이름으로 우리에게 널리 알려진 주나라 초기의 재상이다, 보(父)란 아버지라는 뜻으로 최상의 존경을 나타내는 호칭이다. 임금이 신하에게 '어르신'이라는 존칭을 사용했다고 보면 된다.

재상 자리에 오른 관중은 곧바로 제나라 개혁에 착수한다. 그는 우선 인재 발굴에 힘쓴다. 자신도 평민에서 재상이 되었듯 신분에 관계없이 인재를 발탁해서 적재적소에 앉혔다. 일단 임명하고 나면 그 사람을 신뢰했고 하는 일에 걸맞은 권한을 주었다. 적절한 인사(人事)를 통해 나라가 어느 정도 안정되자 관중은 제환공에게 피력한 자신의 뜻을 하나하나 실행했다. 관중의 개혁을 통해 제나라는 날로 부강해졌다.

제환공, 패업을 이루다

　　　　　　　관중이 재상에 오른 뒤 모든 일이 순조롭게 진행된 것은 아니었다. 우선 노나라와 벌인 두 번의 전투에서 패배했다. 제환공이 아직은 그들과 힘을 겨룰 때가 아니라는 관중의 말을 듣지 않고 전쟁을 일으켰다가 화를 자초한 것이었다. 그 후 제환공은 관중을 더 신임하게 되었다.

　자리가 높아지면 시기와 질투가 따르는 법이어서 관중을 모함하는 이들도 있었다. 하지만 제환공은 관중을 험담하는 자에게는 평소 아무리 아끼던 사람이라도 호통과 함께 물리쳤다. 제환공의 절대 신임을 얻은 관중은 천하를 호령하며 거리낌 없이 개혁을 마무리했다. 법제를 정비하고 행정을 쇄신하는 등 국정 전반에 걸쳐 개혁의 바람을 일으켰고 나라가 부강해졌다. 제나라가 부강해지니 "모든 길은 임치로 통한다"라는 말이 생길 만큼 천하의 모든 상인들이 제나라 수도 임치로 몰려들었고 임치는 상업의 중심 도시가 되었다.

제환공이 임금 자리에 오른 지 4년째 되는 해, 그러니까 기원전 682년의 일이었다. 이웃 송(宋)나라에서 변란이 일어났다. 남궁장만(南宮長萬)이 난을 일으켜 송민공(宋閔公)을 죽인 것이다. 하지만 난은 곧 진압되고 송환공(宋桓公)이 즉위했다. 관중은 드디어 기다리던 때가 왔다고 생각했다.

이듬 해인 기원전 681년 정월, 관중은 제환공에게 신년 축하 인사를 드렸다. 그 자리에서 제환공이 관중에게 넌지시 물었다.

"중보, 중보 덕에 과인은 정치를 제대로 할 수 있게 되었고 제나라는 태평성대를 누리게 되었소. 이제 나라가 안정되었으니 이어서 과인이 해야 할 일은 무엇이라고 생각하오?"

관중이 그 뜻을 모를 리 없었다. 그는 천천히 고개를 들어 제환공을 쳐다보더니 말했다.

"전하께서는 진정 왕도의 길을 가시길 원하십니까? 그러려면 무엇보다 나라의 힘이 강해야 합니다. 전하의 어진 통치로 우리 제나라는 이제 부강해졌습니다. 하지만 아직 부족한 것이 많습니다. 남쪽으로는 초(楚)나라가 있고 서쪽으로는 진(晉)나라와 진(秦)나라가 세력을 뽐내고 있습니다. 우리는 이제 겨우 그들과 어깨를 견줄 정도가 된 것입니다. 그러니 힘만으로는 그들을 제압할 수 없습니다."

"그렇다면 어찌해야 하겠소?"

"그들이 왜 천하 제패를 못 하는지 살펴보면 금방 알 수 있습니다. 바로 천자를 무시하고 있기 때문입니다. 천자를 받들지 않기 때문입니다."

제환공은 고개를 갸우뚱했다. 주나라는 지금 일개 소국에 불과한데 이름뿐인 천자를 높이고 받들라니? 그러자 관중이 이어서 말했다.

"천하에는 언제나 그 주인이 있어야 합니다. 주인이 없으면 난세가 되고 질서가 없어집니다. 비록 주 왕실이 쇠약해졌지만 아직 천하의 주인입니다. 그런데 주 왕실이 낙양으로 천도한 이래로 조례를 하고 공물을 바치는 제후는 아무도 없습니다. 그뿐이 아닙니다. 정장공(鄭莊公)은 주환왕(周桓王)의 어깨에 화살을 날리기까지 했으며 초무왕(楚武王)은 스스로 왕이라 칭하고 있습니다. 이들은 힘은 강하지만 천하를 어지럽히는 자들일 뿐입니다. 주인을 인정하지 않으니 아무리 힘이 강해도 주인이 될 수 없습니다. 천하가 그들을 주인으로 인정하지 않기 때문입니다. 전하께서 천하의 주인이 되려 하신다면 마땅히 천자를 공경하고 높이 받드는 일부터 시작해야 합니다.”

주나라가 실질적으로 망하고 모두 힘겨루기를 하는 마당에 주나라를 받든다는 명분을 앞세우는 것! 모두 그 명분 앞에 고개 숙이게 만드는 것! 관중의 뛰어남을 보여주는 탁견이 아닐 수 없었다. 제환공은 침을 꿀꺽 삼켰다.

“어디 계속 이야기해보오.”

“이웃 송나라 이야기를 해드리겠습니다. 신하가 임금을 죽이는 난이 벌어졌습니다. 다행히 난을 진압하고 송환공이 임금 자리에 오르기는 했지만 제후들은 그를 임금으로 인정하지 않고 있습니다. 언제 또 난이 일어나 그가 죽어버릴지 모르기 때문입니다.

바로 지금입니다. 전하께서 주나라로 사자를 보내십시오.

주나라 천자께 신하의 예를 보이시고 제후들을 모으라는 명을 받아내십시오. 그 명을 받들어 제후들을 모은 뒤 송환공을 송나라 임금으로 인정하게 하십시오. 그런 후에 주 왕실을 높이는 맹세를 하십시오. 그리고 약한 나라는 도울 것이며 횡포한 나라는 억누를 것이라는 정정당당한 명분을 천자의 이름으로 내세우십시오. 그 명을 따르지 않는 나라가 있으면 모든 제후들과 함께 천자의 이름으로 그 나라를 토벌하겠다고 하십시오. 그러면 전하께서 사심이 없음을 모든 나라의 제후들이 인정하게 될 것입니다. 제나라의 이름으로 복종을 강요하는 것이 아니라 천자의 이름 앞에 복종할 수밖에 없게 만드는 것, 이것이 군대를 움직이지 않고도 천하를 제패하는 길입니다."

제환공이 무릎을 쳤다.

며칠 후 제환공은 주희왕(周僖王)에게 사자를 보내 요청을 전했다. 송나라 환공을 정식 임금으로 임명하기 위해 여러 제후들을 모아 회의를 할까 하니 명을 내려달라는 내용이었다. 제환공의 청을 받은 주희왕은 처음에는 어리둥절했다. 하지만 곧 기쁨에 들떴다. 이제까지 모든 제후들이 자기를 한껏 무시해오지 않았는가? 그런데 갑자기 자신을 천자로 인정하는 제후가 나타나다니! 그것도 동방의 대국인 제나라가 몸을 한껏 낮추어 예를 보여주다니! 게다가 제후들을 모으라는 명을 내려달라고 청하다니! 더 이상 생각할 것도 없었다. 기쁨에 겨운 주희왕은 흔쾌히 그의 청을 받아들여 명을 내렸다. 제환공이 제후들을 소집해서 송나라 일을 원만히 처리하라고.

주희왕의 명을 받은 제환공은 곧 천자의 이름으로 송나라와 노나라를 비롯한 주변 모든 나라에 사자를 보냈다. 제환공은 더없이 흐뭇했다. 자신의 주재 아래 천하 제후들을 불러 모을 수 있게 되다니! 요즘 식으로 표현하면 세계 주요 국가 정상회담을 연 것이라고 보면 된다. 제환공은 그 정상회담의 주최자요 주도자가 된 것이다. 당시 그런 모임을 '회맹(會盟)'이라 불렀고, 제환공은 제1차 회맹의 맹주가 된 셈이었다. 기원전 682년, 제환공 즉위 5년째 되던 해의 일이었다.

하지만 모든 것이 제환공의 뜻대로 되지만은 않았다. 주 왕실의 권위를 무시한 제후들이 모임 자체를 무시한 것이다. 참가한 제후라야 당사자인 송환공과 진(陳)의 선공(宣公), 주(邾)의 임금, 채(蔡)의 애공(哀公), 겨우 네 사람뿐이었다. 게다가 주와 채는 아주 작은 나라였다. 어쨌든 제환공과 네 나라 임금들은 송환공을 송나라 임금으로 추대하고 다섯 나라 간의 동맹을 맺었다. 그리고 회맹의 맹주로 제환공을 추대했다. 그러자 제환공보다 서열이 높고 나이가 많은 송환공은 동맹을 무시하고 아무런 통보도 없이 송나라로 돌아가버렸다. 동맹이 맺어진 지 하루도 되지 않아 깨어져버린 셈이었다.

제환공은 실망이 이만저만이 아니었다. 제후들의 맹주가 되기는커녕 웃음거리가 된 꼴이 아닌가? 하지만 그 모든 것이 관중의 계획이었다. 무엇보다 중요한 명분을 얻은 것이다. 관중이 제환공에게 말했다.

"전하, 이제 때가 되었습니다. 우선 노나라를 공격해 굴복시켜야 합니다. 노나라는 주 왕실과 친척 간입니다. 그런데 천자의 명을 거역하고 이번 회맹에 참석하지 않았습니다. 그 죄를 물어야 합니다. 천자의 이름으로 그들을 쳐야 합니다. 그런 후에 송나라를 응징해도 늦지 않습니다."

관중은 우선 노나라와 이웃해 있는 수(遂)나라를 치자고 했다. 수나라는 노나라의 종속 국가였다. 수나라를 굴복시키면 노나라가 질겁할 것이고 허리 굽혀 동맹을 요청하리라는 것이었다. 그런 다음 동맹을 깬 송나라를 치자는 것이 관중의 계획이었다.

　제환공이 관중의 계책을 받아들인 것은 물론이다. 제환공은 곧 수나라 토벌 준비에 착수했다. 무엇보다 명분이 뚜렷했다. 천자의 명을 어기고 회맹에 참가하지 않은 불충한 제후를 토벌한다는 명분이었다.

　관중은 전차 200승과 병사 2만 명으로 이루어진 수나라 토벌대의 총사령관이 되었다. 제나라가 수나라를 공격한다는 소식을 들은 노나라가 가만히 있을 리 없었다. 막대한 구원병을 수나라에 파견했다. 전차 500승에 달하는 엄청난 병력이 관중이 이끄는 제나라 군대와 대결하기 위해 집결한 것이다. 재상으로서 나랏일에 능력을 충분히 발휘한 관중이었다. 이번에는 장수로서 능력이 시험대에 올랐다.

　노나라 장군 조말(曹沫)이 지휘하는 노나라와 수나라 군사와 관중이 이끄는 제나라 군사는 모두 세 번의 전투를 벌였다. 관중은 뛰어난 전략으로 적들을 섬멸했다. 수나라는 제나라 영토가 되고, 노장공은 할 수 없이 제나라와 동맹을 맺었다. 말이 동맹이지 항복이었다. 그런데 동맹을 맺는 회합의 자리에서 사건이 벌어졌다. 노나라 장군 조말이 기회를 엿보다 제환 공 목에 칼을 들이대고 수나라 땅을 돌려달라고 한 것이다. 제 환공은 하는 수 없이 수나라 땅을 노나라에 돌려주었다. 조말 이 자객이 되어 제환공의 목숨을 위협하는 바람에 벌어진 일 이었다. 하지만 인간만사(人間萬事) 새옹지마(塞翁之馬)라고 했다. 인생은 워낙 변화가 심해서 화와 복을 예측하기 힘든 법이다. 이 안 좋았던 사건은 오히려 복이 되어 제환공의 명성을 드높 이는 데 기여하게 된다.

제환공이 수나라를 노나라에 돌려주자 사람들은 아마 이렇 게 생각했을 것이다.

'그래, 제환공은 영토가 탐이 나서 노나라와 전쟁을 벌인 게 아니야. 말로만 주 왕실을 섬긴 게 아니었어. 그는 정말로 어지 러운 천하를 수습하고 주 왕실을 재건하려는 뜻을 가진 거야. 그 큰 뜻을 모르는 자들이 어리석게 그에게 맞서는 거지.'

야심을 감춤으로써 오히려 마음 놓고 야심을 펼칠 계기가 마련된 것이니 이 모두가 관중의 지혜에서 나온 결과였다.

노나라의 항복을 받아낸 제환공은 즉위 6년째 되던 이듬해 에 송나라를 토벌하기 위해 군사를 일으켰다. 맹약을 깬 데 대한 징벌이 그 명분이었다.

토벌대가 송나라로 향하는 도중에 제환공은 뛰어난 인재 영척(甯戚)을 얻었다. 그리고 영척은 세 치 혀로 송나라를 굴복시켰다. 이제 남은 것은 정(鄭)나라 뿐이었다. 정나라는 둘로 갈라져 서로 싸우고 있었다. 제환공은 영척의 계략대로 정여공(鄭厲公)을 도와 임금으로 있던 정자(鄭子)를 죽이고 정여공이 정나라 임금 자리에 오르게 해주었다. 당연히 정여공은 제환공을 맹주로 삼아 맹약을 맺기로 했다.

이제 제환공을 정식 패공(覇公)으로 추대하고 제후국들 간에 새로운 맹약을 정하는 일이 남았을 뿐이었다. 제환공은 곧 이일에 착수했다. 그런데 그해 7월 초나라가 느닷없이 채(蔡)나라를 공격했다. 초문왕(楚文王)은 채나라를 유린한 뒤 온갖 재화를 빼앗아 수도로 돌아갔다. 각 나라 제후들은 초문왕이 언제고 마음만 먹으며 자기 나라로 쳐들어올 것이라는 공포에 휩싸였다.

이로써 명분에 실질적 이유까지 더해지게 되었다. 모두들 제나라만이 초나라를 막을 수 있으리라 생각했다. 특히 초나라와 인접해 있는 송나라와 진(陳)나라 등이 앞장서서 제환공을 회맹의 맹주로 추대할 것을 강력하게 주창했다.

이듬해 봄, 위(衛)나라 땅 견(甄)에서 제2차 회맹이 열렸다. 중원(中原: 고대 중국의 중심부인 황하 중하류 부근 지역)의 거의 모든 제후들이 참석했고 제환공은 명실상부한 패자가 되었다. 초와 제 사이를 왔다 갔다 하던 정나라마저 결국 굴복함으로써 당시만 해도 변방이던 진(秦)과 진(晉)을 제외한 모든 중원 국가들이 제나라를 중심으로 한 새로운 질서를 받아들인 것이다. 그때부터 모든 제후국은 제환공을 맹주로 받들었다. 주 왕실의 주희왕도 관리를 파견해 이 회합을 인정했다. 춘추시대가 시작된 이래 첫 번째 패공이 탄생하는 순간으로, 기원전 680년 즉 제환공이 임금 자리에 오른 지 7년 만의 일이었다. 천자는 있되 없는 것과 마찬가지인 세상에서 제환공은 천하의 주인이 된 셈이었다.

그로부터 어언 10년의 세월이 흘렀다. 제나라는 관중 덕분에 경제적으로나 군사적으로나 가장 부강한 나라가 되었다. 제환공은 이름만 나라일 뿐 거의 한 고을에 불과하던 주변 나라들을 모두 흡수했다. 제나라 영토는 점점 넓어졌고 애매모

호하던 국경 개념도 확실해졌다. 제환공 18년 제나라는 마침내 서(徐)나라를 정복함으로써 산동성(山東省) 일대의 모든 소국들을 통합했다. 그리고 이듬해인 제환공 19년 6월에 제후들과 제4차 회맹을 갖고 자신이 패자(霸者)임을 재확인했다. 당시 주나라는 주희왕의 뒤를 이어 주혜왕(周惠王)이 즉위해 있었다. 주혜왕은 제환공을 방백(方伯)으로 삼고 태공(太公)의 직위를 내렸다. 방백이란 제후들의 우두머리라는 뜻이니 주 왕실에서 그가 패공임을 공식 인정한 셈이다. 실질적으로나 명분상으로나 천하가 제환공의 품에 들어온 것이다. 그사이 크고 작은 사건들이 있었으나 관중이 죽을 때까지 제환공은 중원의 패공으로서 권위를 누렸다.

기원전 645년 관중은 병으로 자리에 누웠다. 출생 연도가 확실하지 않아 정확한 나이는 알 수 없지만 제환공과 관계를 맺은 지 40여 년이 흘렀으니 60세는 훌쩍 넘겼을 것이다. 제환공은 친히 관중의 집으로 문병을 갔다. 그의 수척한 모습을 본 제환공이 그가 더 이상 회복될 수 없음을 알고 그의 손을 잡았다. 제환공은 눈물을 흘리며 말했다.

"중보, 내가 무심해 그대의 병이 이토록 중한 줄 몰랐구려.

우리 제나라가 패자가 될 수 있었던 것은 오로지 경의 덕이거늘……. 중보, 하늘이 불행을 내려 그대가 다시 일어나지 못한다면 과인은 누구와 함께 이 나라를 다스려야 한단 말이오?"

관중에게 후계자를 지목해달라고 요청한 것이다. 사실 제환공은 관중의 입에서 은근히 포숙아의 이름이 나오기를 기대하고 있었다. 그런데 관중에게서 뜻밖의 소리가 나왔다.

관중이 탄식하며 말했다.

"전하, 지난해 영척이 세상을 떠난 것이 정말 안타깝습니다. 그가 있었다면 능히 전하를 보필할 수 있었을 것입니다."

"그렇다면 우리 제나라에 그만 한 인재가 없단 말이오?"

"안타깝게도 그렇습니다."

"내가 보기엔 그렇지 않소. 포숙아라면 능히 이 나라를 다스릴 수 있지 않겠소?"

관중이 희미하게 고개를 저었다.

"포숙아가 군자인 것은 사실입니다. 하지만 군자라고 정치를 잘할 수 있는 것은 아닙니다. 그는 지나칠 정도로 명확하게 선악을 구별합니다. 정치는 비록 성품이 모자라는 사람이라도 그 재주를 살려 중용할 줄 알아야 합니다. 포숙아는 너무 강직

합니다. 포숙아가 정사를 맡으면 재주 있는 사람들이 그의 곁에 별로 남아 있지 않을 것입니다."

결국 관중은 공손습붕을 추천하면서, 다만 한 가지 그가 일찍 세상을 떠날까 걱정이 된다고 제환공에게 말했다. 관중은 공손습붕이 오래 못 살 줄 짐작하면서도 포숙아보다 공손습붕을 추천한 것이다. 관중이 자기 대신 공손습붕을 후계자로 지목한 것을 알았다면 포숙아는 어떤 반응을 보였을까? 관중을 재상으로 천거한 것이 바로 자신인데, 관중은 자신을 후임으로 지목하지 않다니! 혹시 섭섭하지 않았을까? 화가 나지 않았을까? 아니었다. 자신에게 굴러온 재상 자리마저 기꺼이 관중에게 넘겨준 포숙아가 아니었던가? 공과 사가 그 누구보다 엄격한 포숙아가 아니었던가? 그는 아마 속으로 이렇게 말했을지 모른다.

'역시, 관중이야. 나만 관중을 제대로 알아준 게 아냐. 관중 역시 나를 알아준 거야.'

당시 제환공이 몹시 총애하던 세 사람이 있었다. 역아(易牙)와 수초(竪貂)와 위(衛) 공자 개방(開方)이었다. 역아는 요리 솜씨가 뛰어났다. 하지만 그는 약삭빠르고 교활하며 남의 비위를 잘 맞추는 아첨꾼이었다. 역아는 일찌감치 제환공의 요리사가 되었다. 제환공은 대단한 미식가였다. 지금으로서는 받아들이기 어려운 이야기지만, 그는 모든 고기를 다 먹어봤지만 사람 고기는 먹어보지 못한 것을 아쉬워했다. 제환공의 마음을 읽은 역아는 자기 자식을 죽여 요리를 만들어 제환공에게 바쳤다. 이후로 제환공은 그를 충신이라 생각하고 총애했다.

수초는 제환공의 총애를 받던 미소년이었다. 그는 아침저녁으로 궁중을 드나들기 불편하다며 스스로 생식기를 잘라 환관(宦官)이 되었다. 늘 곁에서 제환공을 모시기 위해서였다. 제환공의 총애가 더욱 깊어질 수밖에 없었다. 한편 위 공자 개방은 위나라의 세자였다. 그는 제환공이 위나라를 공격할 때 세자 신분을 버리고 제환공을 섬기게 된 인물이었다. 역아와 수초와 개방은 제환공의 총애를 받아 이른바 '삼총(三寵)'이라 불렸다.

공손습붕이 적임자지만 그가 곧 죽을 것이 걱정이라는 관중의 말을 듣고 제환공이 다시 물었다.

"그럼 역아가 나랏일을 맡아보면 어떻겠소?"

관중이 기겁했다. 마침 평소 속에 품고 있던 생각을 제환공에게 풀어놓을 기회이기도 했다.

"전하, 전하께 한 말씀 간언하겠습니다. 전하께서는 제발 역아, 수초, 개방 이 세 사람을 멀리하십시오."

"그들을 멀리하라니? 역아는 자식을 삶아 내게 바친 사람이오. 자식보다 과인을 더 아끼는 사람인데 어찌 멀리하라는 말이오?"

"전하, 제 말을 귀담아 들어주십시오. 이 세상에서 자식을 향한 아비의 사랑만큼 큰 사랑은 없습니다. 그는 자기 자식을 죽인 사람입니다. 그는 그 누구도 진심으로 아끼고 사랑하는 자가 아닙니다. 그런 자는 절대로 전하에게 도움이 될 수 없습니다."

"그럼 수초는 어떻소? 그는 과인을 가까이서 섬기려고 스스로 거세한 사람이오. 제 몸보다 나를 더 생각하는 신하인데 어째서 멀리하라고 하오?"

"전하, 사람에게 자기 몸보다 소중한 것은 없습니다. 그런데 그는 자기 몸을 함부로 대했습니다. 그는 그 어느 것도 귀하게 여기는 자가 아닙니다. 그런 자가 어찌 전하를 도울 수 있겠습니까?"

"개방은 세자 신분으로 자기 나라를 포기하고 내 신하가 된 사람이오. 그는 자기 부모가 죽었을 때도 본국으로 돌아가지 않고 나를 섬겼소. 자기 부모보다 나를 더 섬기는 사람을 어째서 멀리하라는 말이오?"

"이 세상에 자기 부모보다 더 가까운 사람이 어디 있겠습니까? 그런데 그는 자기 부모를 버리고 불효를 저질렀습니다. 그는 그 누구도 진심으로 섬기는 사람이 아닙니다. 또한 그는 천승지국의 임금이 될 수 있는 지위를 버리고 전하 밑으로 왔습니다. 천승지국의 임금이란 쉽게 포기할 수 있는 자리가 아닙니다. 그가 그 자리를 버린 것은 더 큰 것을 노리기 때문입니다. 전하, 절대로 그를 곁에 두지 마십시오. 셋 다 멀리하십시오. 그중 하나라도 가까이 두시면 나라가 곧 어지러워질 것입니다."

제환공이 의아한 듯 다시 물었다.

"과인이 그들을 가까이한 지 오래인데 그대는 여태껏 그들에 대해 아무 말이 없었소. 왜 이제야 그런 말을 하는 것이오?"

"제가 지금까지 그런 말을 하지 않은 것은 전하와 발맞추어 천하 대업을 이루기 위해서였습니다. 전하의 뜻을 거스르지 않기 위해서였습니다. 흐르는 물처럼 모든 것을 이루기 위해서였습니다. 저는 둑이 되어 그 물이 넘치지 않게 할 뿐이었습니다. 제가 살아 있는 한 저는 그들의 잘못이 넘치는 것을 막는 둑이 될 수 있습니다. 그러나 제가 죽으면 그 둑이 무너지는 셈입니다. 이제 물이 넘치지 않게 하려면 전하께서 스스로 그들을 멀리하시는 수밖에 없습니다."

제환공에게 마지막 충고를 해주고 얼마 지나지 않아 관중은 숨을 거두었다. 제환공은 통곡하며 부르짖었다.

"슬프구나, 중보여! 아깝구나, 중보여! 아프구나, 중보여! 아, 하늘이 나의 팔을 빼앗아갔구나."

이리해 불세출의 영웅 관중은 세상을 떠났다.

제환공은 극진히 장사를 치렀다. 제환공은 관중의 유언대로 공손습붕을 재상으로 삼았다. 하지만 그는 재상이 된 지 한 달도 못 되어 세상을 하직했다. 그러자 제환공이 깊이 탄식하며 말했다.

"중보는 정녕 신인(神人)이었단 말인가? 공손습붕이 곧 세상을 떠날 것을 어찌 알 수 있었단 말인가!"

제환공, 패업을 이루다

99

제환공은 공손습붕의 후임으로 포숙아를 임명했다. 포숙아가 자신은 재상감이 아니라며 강하게 거절했지만 제환공이 재차 권하자 이렇게 말했다.

"전하의 말씀에 따르겠습니다. 하지만 한 가지 청이 있습니다."

"무엇이든 말해보오."

"역아, 수초, 개방, 이 세 사람을 멀리하겠다고 약속해주십시오. 그리 해주신다면 전하의 명을 받들겠습니다."

"전에 중보도 같은 말을 했었지. 내 그리 하리다."

제환공은 그날로 세 명의 간신을 궁 밖으로 내쫓았다.

이로써 포숙아는 제나라 재상이 되어 제환공을 보필했다. 그러나 포숙아도 얼마 안 있어 죽고 제환공도 기원전 643년, 그러니까 관중이 죽은 지 2년 만에 눈을 감았다. 그는 쫓아냈던 간신들을 다시 등용하는 잘못을 저질렀고, 결국 그들에 의해 감금되었다가 굶어죽는 비참한 최후를 맞았다. 하지만 그럼에도 그의 업적과 인물됨과 위대함은 조금도 흐려지지 않는다.

관중과 제환공

한나라 때인 151년 지어진 산동성 무씨사(武氏祠: 무씨 사당)의 화상석(畵像石) 벽화. 제환공이 무릎을 꿇고 앉은 관중을 일으켜 세우려 하고 있다. 제환공이 관중을 임용했지만 그는 아무 일도 하려 하지 않았다. 이유를 묻자 "지위가 낮아서 높은 지위의 사람들을 못 다스리겠습니다"라고 대답했다. 제환공은 가장 높은 벼슬을 내렸다. 그래도 관중은 일을 하지 않았다. 다시 묻자 "가난해서 부자들을 못 다스리겠습니다"라고 했다. 제환공은 막대한 재물을 내렸다. 그래도 관중은 움직이지 않았다. 또 묻자 "지위가 높고 재산이 많아도 왕족은 못 다스리겠습니다" 했다. 그래서 '중보'라는 칭호를 내려주었다. 이처럼 관중은 제환공의 전폭적인 신뢰 속에 최고의 지위와 재산, 권력을 누렸다. 이런 관중을 두고 공자는 아내를 세 명이나 두고 사치스럽게 살았으며 임금과 맞먹으려 했다고 비판하기도 했다. 하지만 그가 이룩한 업적만큼은 인정하지 않을 수 없다고 평가했다.

또 다른 패자들: 진문공, 초장왕, 오왕 부차, 월왕 구천

제환공이 춘추시대 최초의 패업을 이룬 것은 사실이나 통일된 새 나라를 세운 것은 아니다. 주나라 왕실을 모신다는 명분은 그가 천하를 제패할 수 있게 해주었지만 그것은 누구나 내세울 수 있는 명분이기도 했다. 천하 제패의 야심을 가진 제후라면 힘이 뒷받침되는 한 그 명분을 앞세우고 중원을 제패할 수 있었다.

제환공에 이어 춘추시대 천하 제패에 성공한 인물이 넷이 더 있었다. 그들과 제환공을 합해 춘추오패(春秋五霸)라 부른다. 제환공을 비롯해 진(晉)나라의 문공(文公), 초(楚)나라의 장왕(莊王), 오(吳)나라의 부차(夫差), 월(越)나라의 구천(句踐)이 바로 그들이다. 한편 오나라의 부차와 함께 그의 아버지 합려(闔閭)를 포함시키기도 한다. 실질적으로 패자의 위업을 이룩한 것은 부차지만 그 기틀은 모두 합려가 만들었기 때문이다.

이들은 모두 진(秦)나라가 천하 통일의 위업을 이룩하기 전까지 중원을 호령하던 영웅들이다. 이 영웅들에 얽힌 이야기는 장엄하고 흥미롭다. 하지만 여기서는 이들 춘추오패보다는 천하 통일의 위업을 달성한 진나라에 초점을 맞추어 이야기할 것이다. 그렇다고 이들을 그냥 건너뛰면 흐름이 끊기고 맥이 닿지 않는다. 그러니 간단하게나마 이들 이야기를 하고 넘어가기로 한다.

진문공, 20년의 유랑 생활

진(晉)나라는 제나라 서쪽에 있던 나라로서 더 서쪽의 진(秦)나라와 이웃해 있었다. 제환공이 천하를 제패했을 때 진(晉)과 진(秦)은 변방에 있는 나라였다고 보면 된다. 이 두 나라 제후들은 제환공이 주도한 회맹에 참석하지 않았다. 하지만 제환공은 그다지 신경 쓰지 않았다. 두 나라는 노(魯)나라, 위(衛)나라, 정(鄭)나라, 송(宋)나라 등에 비해 변방에 있었고 세력도 작았기 때문이다. 하지만 이후 진(晉)나라는 서쪽의 진(秦), 동쪽의 제(齊), 남쪽의 초(楚)와 함께 약 100여 년간 춘추시대 초강대국 역할을 하게 된다. 진나라는 나중에 위(魏)·한(韓)·조(趙)의 세 나라로 쪼개졌지만 이 세 나라가 모두 전국칠웅에 속했을 만큼 강대국이었다. 그런 진나라의 기초를 다진 사람이 바로 진문공(晉文公: 기원전 697~기원전 628)이다.

진문공하면 우선 떠오르는 것이 19년의 유랑 생활이다. 그것도 젊은 시절이 아니라 43세부터 62세까지 떠돌며 살았다. 만으로 19년이지만 실제로는 20년간이다. 그는 기원전 636년 봄, 62세가 되던 해에 유랑 생활을 청산하고 진나라 군주로 즉위한다. 제환공이 간신들의 손에 비참하게 죽은 지 7년 후로, 당시 중국 대륙에는 패자가 없던 때였다. 진문공은 즉위 4년 만에 패업을 이룬다. 그리고 재위 8년 만에 죽는다. 그 짧은 기간에 패업을 이루고 진나라를 강대국으로 만든 진문공은 진정으로 춘추시대 위대한 영웅 중 한 명이었다.

진문공은 진헌공(晉獻公)의 둘째 아들로 태어났으며 이름은 중이(重耳)다. 진문공이 유랑 생활을 하게 된 데는 사연이 있다.

아버지 진헌공이 어질지 못했기 때문이다. 어질지 못한 임금이 총애하는 첩의 이간질에 놀아나 나라를 어지럽히는 일은 언제고 벌어진다. 중이의 사연이 바로 그러하다.

진헌공에게는 아들이 셋 있었다. 신생(申生)과 중이와 이오(夷吾)가 그들이다. 신생이 세자였고 중이와 이오는 이복동생이었다. 그런데 진헌공이 여융(驪戎)이라는 작은 오랑캐 나라를 공격해 멸망시키고 여희(驪姬)와 소희(少姬)라는 두 공주를 첩으로 맞았다. 그리고 두 사람에게서 각각 해제(奚齊)와 탁자(卓子)라는 아들을 얻었다. 배다른 형제를 다섯 두게 된 셈이다. 그렇더라도 세자가 무사히 임금 자리를 이어받으면 별 탈이 없다. 그런데 여희의 이간질에 진헌공은 세자 신생을 자살하게 만들었고, 대신에 해제가 세자가 되었다. 중이와 이오로서는 몸을 피하지 않을 도리가 없었다.

진헌공이 죽자 해제도 신하들에 의해 곧 암살당했다. 그러자 이오가 진목공(秦穆公)의 도움으로 군대를 이끌고 와서 진(晉)나라 임금이 되었다. 그가 진혜공(晉惠公)이다. 중이는 더 멀리 도망갈 수밖에 없었다. 형의 자리를 빼앗은 동생이 자신을

또 다른 패자들: 진문공, 초장왕, 오왕 부차, 월왕 구천

105

그냥 둘 리 없었기 때문이다. 실제로 진혜공은 중이를 죽이기 위해 자객들을 보냈다. 중이는 자객들을 피해 자신을 따르는 무리와 함께 계속 유랑 생활을 해야만 했다.

하지만 단순한 유랑 생활이 아니었다. 그는 오랜 세월 고난을 겪으면서 풍부한 경험을 쌓고 나라를 다스리는 이치를 깊이 깨닫는다. 이것이 바로 진문왕의 위대한 점이다. 그릇이 작은 사람은 고난을 겪으면 기가 꺾인다. 잘해야 복수의 칼을 갈 뿐이다. 그러나 그릇이 큰 사람은 고난을 오히려 배움의 기회로, 천하 경륜의 이치를 깨닫는 기회로 삼는다. 진문왕은 그릇이 큰 사람이었다. 유랑 생활 중에 뛰어난 인재들이 그를 버리지 않고 끝까지 따랐다. 그래서 패업이 가능했다. 생각해보라. 중이는 앞날이 밝지 않은 데다 나이마저 적지 않았다. 그런데도 유능한 인재들이 그를 끝까지 따르고 보필했다. 오로지 중이의 사람됨 때문에 가능한 일이었다.

그는 유랑 중에 수많은 일화를 남긴다. 그중 그가 큰 인물임을 보여주는 일화를 하나만 소개한다.

중이는 적(翟)나라에서 제(齊)나라로, 제나라에서 다시 조(曹)나라로, 조나라에서 또다시 송(宋)나라로 유랑하다가, 정(鄭)나라를 거쳐 멀리 초(楚)나라까지 가게 된다. 그가 제나라로 갔을 때는 제환공이 살아 있을 때였다. 그는 제환공의 환대를 받지만 제나라에 오래 머물지 않았다. 큰 뜻이 있던 그가 일시적 편함에 취해 있을 리 없었다. 그가 여러 나라를 떠돈 것은 자신이 임금 자리에 오르도록 도와줄 사람을 찾기 위해서였다. 그렇게 여러 나라를 떠돌다가 마침내 초나라에 이르렀다. 당시 초나라 임금은 초성왕(楚成王)이었다.

초성왕은 그를 반가이 맞았다. 초나라는 강대했지만 중원으로부터 멀리 떨어진 남방의 나라였다. 더욱이 초무왕이 스스로 왕이라 일컬은 후에 중원의 모든 나라들이 초나라를 적대시하고 있었다. 제환공이 패업을 이룰 때 초나라의 침략을 두려워한 중원 제후들의 심리가 크게 작용한 것을 앞에서 이미 살펴보았다. '중이를 도와주면 훗날 중원에 거점을 마련할 수 있으리라.' 이것이 초성왕의 생각이었다. 초성왕은 중이를 반기며 제후로 대접했다.

초성왕이 중이에게 물었다.

"나중에 귀공이 보위에 오르면 무엇으로 보답하겠습니까?"

또 다른 패자들: 진문공, 초장왕, 오왕 부차, 월왕 구천

그러자 중이가 대답했다.

"왕께서는 미녀와 보물을 수없이 가지고 계십니다. 상아나 모피 등 진귀한 물품도 왕의 나라에서 나지 않는 것이 없습니다. 우리 진나라에서 나는 것이라야 보잘것없으니 제가 어찌 왕에게 보답할 것이 있겠습니까?"

"그래도 보답은 해야 할 것 아니오?"

"훗날 두 나라 사이에 전쟁이 일어나 전장에서 마주치게 되면 제가 왕께 90리를 양보해드리겠습니다. 그런 다음에도 싸움이 계속된다면 왕과 한바탕 싸울 수밖에 없습니다."

은연중에 마음 깊이 품고 있던 뜻을 드러낸 것이다. 초와 전쟁을 벌인다는 것은 중원의 패자가 되어야 가능한 일 아닌가? 이것은 그가 중원의 패자가 되겠다는 뜻 아닌가? 그 말을 들은 초나라 신하들은 허세를 부린다며 중이를 비웃었다. 하지만 초성왕은 너그러운 사람이었다. 더욱이 그는 중이의 인품에 반했다. 중이의 큰 뜻을 알아차린 초성왕은 그를 잘 대접한 후 죽이지 않고 보냈다. 중이가 일개 망명객의 처지에서 했던 말은 나중에 실제로 이루어진다. 그 이야기는 잠시 후에 하자.

진혜공 이오는 즉위 14년째에 병들어 사망했다. 당시 세자 어(圉)는 이웃 진(秦)나라에 볼모로 잡혀 있었다. 그는 진목공(秦穆公) 몰래 자기 나라로 도망쳐 임금이 되는데, 그가 진회공(晉懷公)이다. 진목공은 진회공이 자신의 허락도 받지 않고 도망친 데 대해 분노했다. 진목공은 중이에게 사신을 보내어 그를 돌아오게 했다. 중이는 초성왕의 환송을 받으며 진나라로 떠났다. 그리고 진목공의 도움을 받아 조카인 진회공을 공격했다. 회공은 도망갔고 중이가 임금에 오르니 그가 바로 진문공(晉文公)이다. 때는 기원전 636년 봄으로 그의 나이 62세 때였다. 이만저만 대기만성이 아니다.

임금 자리에 오른 진문공은 논공행상을 한다. 그토록 오랜 세월 고난을 함께 하며 그를 따르던 사람들이 모두 충분히 보상을 받는다. 그런데 그 일에서 한 가지 일화가 생겨난다.

한식(寒食)이라는 날을 아는가? 청명절(淸明節) 당일이나 다음 날인데 음력으로는 대개 2월에 들어 있고 양력으로는 4월 5, 6일경이다. 이날은 찬 음식을 먹는다. 바로 이 한식의 유례가 진문공의 논공행상에서 비롯되었다.

진문공을 모시던 신하 중에 개자추(介子推)라는 사람이 있었

또 다른 패자들: 진문공, 초장왕, 오왕 부차, 월왕 구천

다. 그는 망명 생활 중 진문공이 굶주리자 자신의 허벅지 살을 베어 바친 충신이었다. 진문공이 논공행상을 하자 모두들 그가 큰 상을 받으리라 생각했다. 진문공은 혹시라도 논공행상에서 빠지는 사람이 있을까봐 "포상을 받지 못한 사람이 있으면 신고하라"는 포고까지 내렸다. 참으로 꼼꼼한 군주였다.

개자추는 어려운 시절 진문공을 모셨다는 이유로 보답을 받는다는 것이 영 마땅치 않았다. 진헌공의 자식들 중에 가장 훌륭한 인물인 중이가 임금 자리에 오르는 것은 당연한 일 아닌가? 하늘이 정한 이치가 제대로 행해진 것 아닌가? 그런데 신하들이 서로 공을 다투다니! 비루한 인간들이 어찌 하늘의 공을 탐한단 말인가!

결국 그는 늙은 어머니를 모시고 면산(綿山)에 숨어버렸다. 훗날 진문공은 개자추에게 상주는 것을 잊은 걸 알고 그를 찾았다. 그가 산에 꼭꼭 숨어 나오지 않자 그를 내려오게 하려고 진문공은 산에 불을 지르게 했다. 하지만 개자추는 끝끝내 모습을 드러내지 않고 산불에 타 죽었다. 그러자 진문공은 불을 지른 것을 후회하면서 개자추가 죽은 날에는 불을 피우지 말라고 명령했다. 불을 피우지 못하니 사람들은 '찬 음식'을 먹어야 했다. 이것이 바로 한식의 기원이다.

임금 자리에 오른 진문공은 어진 신하를 중용하고 내정을 개혁해 국력을 키웠다. 그에게는 패업을 이루겠다는 야심이 있었다. 그러기 위해서는 제환공이 내세웠던 존왕양이의 기치를 높이 세워야 한다는 것을 잘 알았다. 더욱이 명분도 좋았다. 진나라 제후의 성은 희(姬)씨였다. 희는 주나라 왕실의 성이었다. 그러니까 진나라는 주나라와 인척간이었다.

마침 기회가 찾아왔다. 진문공이 즉위한 해는 주나라 제18대 왕인 주양왕(周襄王) 16년이었다. 그해 주양왕의 동생 자대(子帶)가 적(翟)나라 군대와 결탁해서 난을 일으켰다. 주양왕은 정나라로 도망친 다음 제후국들에 군대를 동원해 역적들을 물리칠 것을 요구했다. 진문왕은 대군을 이끌고 나가 적나라 군대를 대파하고 자대를 사로잡았다. 그리고 주양왕을 호송해 낙양으로 돌려보내서 주 왕실을 안정시켰다. 이 일을 두고 사람들은 제환공이 다시 환생했다며 칭송을 아끼지 않았다.

주양왕 20년인 기원전 632년, 진문공은 초나라와 큰 전쟁을 벌였다. 역사상 유명한 성복(城濮) 전투였다. 두 군대가 맞서

또 다른 패자들: 진문공, 초장왕, 오왕 부차, 월왕 구천

한식

당나라 때 한식(寒食)을 맞아 궁중에서 연회를 베푸는 장면을 묘사한 그림. 진문공과 개자추 이야기에서 비롯된 한식은 동지(冬至)로부터 105일째 되는 날로 요즘의 식목일과 거의 같은 날짜다. 이날에는 봄을 알리는 상징인 버드나무를 꺾어 문틈에 끼우는 풍습이 있었다. 또 여자들은 그네를 타고 남자들은 축구를 하며 놀았다는 기록이 전한다. 한식에 하는 가장 중요한 풍습은 조상의 산소를 찾아가 돌보는 성묘인데, 오늘날에도 많은 이들이 이날 성묘를 한다. 그래서 옛날에는 한식 때 성묘를 가도록 관리들에게 휴가를 주기도 했다고 한다.

또 다른 패자들: 진문공, 초장왕, 오왕 부차, 월왕 구천

고 있는 가운데 진문공은 지난날의 약속대로 90리를 물러났다. 진문공은 예전에 초성왕과 했던 약속을 지켰던 것이다. 하지만 그것만이 전부가 아니었다. 이 일을 통해 진나라는 은혜를 저버리는 짓은 절대 하지 않는다는 사실을 제후들에게 확실하게 보여주는 효과를 낳았다.

이어진 싸움에서 진문공은 초나라 군대를 대파했다. 성복 전투 이후 진문공은 천토(踐土)에 주양공을 위한 왕궁을 짓고 각 제후국들의 회맹을 열어 패자가 되었다. 제환공에 이어 제2대 패자 자리에 오른 것이다. 그는 7전 8기의 대명사였으며 대기만성 인간 승리의 표본이었다.

초장왕, 3년 동안 울지 않고 날지 않은 새

진문공이 즉위 8년 만인 기원전 628년에 죽자 진(晉)나라는 패자로서 지위가 흔들린다. 그런 상황에서 춘추시대 세 번째 패자가 된 인물이 초(楚)나라 장왕(莊王: ?~기원전 591)이다.

초장왕은 아버지 초목왕(楚穆王)이 갑자기 죽는 바람에 준비도 되지 않은 채 왕위에 올랐다. 기원전 613년의 일이다. 그가 왕위에 오른 지 얼마 되지 않아 모반이 일어나 초장왕은 납치

되었다. 다행히 난이 진압되어 초장왕은 잠시 비워두었던 왕좌를 되찾았다. 하지만 왕이 되자마자 납치당하는 어이없는 일을 겪은 것이다. 초목왕이 갑자기 죽는 바람에 벌어진 일이었다. 혼란스러운 나라를 빨리 수습해야 했다.

모두들 초장왕이 나랏일을 열심히 돌볼 줄 알았다. 그런데 그는 아예 나랏일을 거들떠보지 않았다. 그뿐 아니었다. "어떤 자든 내게 간하는 자가 있으면 사형에 처하리라!"라는 엄명을 내렸다. 그런 후 그는 눈만 뜨면 사냥을 즐겼고 술과 음악과 여자에 빠져 살았다. 사람들은 "이제 우리 초나라는 망했다"라며 걱정스러운 얼굴로 수군거릴 뿐이었다. 바른말을 하면 죽인다고 했으니 감히 그 앞에 나가 간언할 수도 없었다. 초장왕은 실제로 간언하는 신하들을 눈 하나 깜짝하지 않고 참수형에 처했다. 삽시간에 조정은 살벌해졌고 백성들은 공포에 떨었다. 그렇게 3년이 흘렀다.

초나라 대부 중에 신숙시(申叔時)라는 사람이 있었다. 깐깐한 성격이었고 하고 싶은 말은 빗대서라도 하고야 마는 성격이었다. 그는 참다못해 궁으로 초장왕을 찾아갔다. 초장왕은 좌우로 시녀들을 끼고 술을 마시며 음악을 즐기고 있었다. 그는 왕에게 직접 간하는 대신 질문을 던졌다.

"며칠 전에 어떤 사람이 제게 수수께끼를 하나 던졌는데 제가 도저히 그 답을 알 수 없어 전하께 여쭈려 합니다."

"무슨 수수께끼인가?"

"몸이 크고 오색찬란한 새가 한 마리 있답니다. 그런데 그 새는 남쪽 높은 언덕에 앉아 한 번도 움직이지 않고 날지도 않고 울지도 않는다고 합니다. 그 사람이 '이 새가 어떤 새입니까?'라고 제게 물었는데 저는 도저히 그 답을 알 수가 없습니다. 전하께서 혹시 그 답을 아신다면 제게 가르쳐주십시오."

초장왕은 입가에 옅은 웃음을 띠고 말했다.

"나는 그 답을 알고 있다. 그 새는 보통 새가 아니다. 그 새가 3년 동안 꼼짝 않고 있는 것은 큰 뜻을 키우려는 것이다. 날개의 힘을 키우기 위해 날지 않는 것이고, 움직이기 전에 민정을 살피려고 울지 않는 것이다. 그 새가 일단 한번 날면 저 하늘 끝까지 높이 날아오를 것이고, 한번 울면 이 세상을 크게 놀라게 할 것이다."

신숙시는 속으로 '우리 전하는 큰 인물이시다'라고 생각하며 기쁨을 이기지 못한 채 물러났다. 하지만 여러 날이 지났는

데도 초장왕은 여전히 주색과 음악에만 빠져 있었다. 이번에는 대부 소종(蘇從)이 궁성으로 들어갔다. 그는 왕의 처소 앞에서 다짜고짜 통곡을 터뜨렸다.

초장왕이 불러 호통을 쳤다.

"그대는 내게 간하려 하는 것이냐? 내게 간하는 자는 죽인다고 하지 않았는가! 죽을 줄 뻔히 알면서 이런 짓을 하다니 어리석기 그지없구나!"

소종이 통곡을 그치고 대답했다.

"제가 죽는 것은 슬프지 않으나 초나라가 망할 것이 슬퍼서 우는 것입니다. 제가 어리석은 것은 상관없으나 전하께서 저보다 더 어리석은 것이 슬퍼서 우는 것입니다."

"이놈! 내가 어찌 너보다 어리석다는 말이냐!"

"전하께서는 만승(萬乘)의 지존이십니다. 그런데 밤낮으로 주색에만 빠져 지내십니다. 눈앞의 즐거움에 빠져 장차 대업을 멀리하시니 이 어찌 어리석다 하지 않을 수 있겠습니까? 저의 어리석음은 이 한 몸에서 그치겠지만 전하의 어리석음은 후대까지 길이길이 이어질 것입니다. 그러니 저와 전하 중 누가 더 어리석다 하겠습니까? 청컨대 그 칼을 저에게 내려주십시오. 제 어리석음으로 전하의 어리석음을 깨우칠 수 있다면 저는 기꺼이 스스로 제 목을 치겠습니다."

초장왕은 갑자기 자리에서 벌떡 일어났다.

"대부, 대부야말로 충신이오. 나도 대부가 하는 이야기를 다 알고 있소. 다만 때를 기다렸을 뿐이오."

초장왕은 하루아침에 돌변했다. 놀랍게도 그동안 가까이했던 간사한 궁녀들과 신하들을 모두 내쫓고 대신에 바른말을 하던 이들에게 새롭게 일을 맡겼다. 그가 3년 동안 주색에 빠져 지낸 것은 누가 진정으로 나라를 위하는지, 누가 진심으로 자신을 걱정하는지 알아보기 위해서였다. 때가 되자 그는 행동에 들어갔다. 간신 수백 명을 일거에 내치고 쓸 만한 사람들을 한꺼번에 기용했다. 그동안 면밀히 신하들의 행동을 관찰해온 것이었다.

이후 국정을 정비한 초장왕은 북으로 진출해 용(庸)나라와 송나라를 잇달아 정벌하고, 낙양 부근의 융족(戎族)을 토벌했다. 이로써 중원 땅, 특히 주 왕실 직할지와 경계를 이루게 된 것이다. 이어서 초장왕은 평민 출신의 손숙오(孫叔敖)를 재상으로 등용했다. 제환공이 관중의 도움으로 패업을 이룬 것처럼,

손숙오는 초장왕의 패업에서 절대로 빼놓을 수 없는 인물이다. 초장왕은 손숙오의 도움으로 내정을 안정시킨 뒤 그의 뜻을 물었다.

"이제 중원에 진출할 때가 되지 않았소?"

그러자 손숙오가 대답했다.

"아직은 때가 아닙니다."

"어째서 때가 아니라는 것이오?"

"우리 초나라가 비록 중원의 그 어느 나라보다 힘이 세다고는 하지만 아직 대의명분이 만들어지지 않았습니다."

"대의명분은 만들면 되지 않소?"

"그렇지가 않습니다. 하늘이 때를 내려주기를 기다려야 합니다."

대의명분? 앞에서 이미 들어본 말이다. 바로 제나라 관중이 제환공에게 해준 것과 똑같은 이야기 아닌가? 주나라 왕실을 보호하고 나라를 어지럽히는 자들을 응징한다는 명분! 바로 '존왕양이'라는 명분이다. 그런데 이 명분은 천하제패를 꿈꾸는 제후들이라면 이미 모두 앞에 내세우고 있는 것 아닌가? 그런데 그것을 하늘이 내려주기를 기다려야 한다니, 무슨

또 다른 패자들: 진문공, 초장왕, 오왕 부차, 월왕 구천

119

새로운 대의명분이 필요하단 말인가?

초장왕은 손숙오의 뜻에 따라 새로운 대의명분을 마련하는 데 성공한다. 그리고 그 대의명분이 그를 춘추오패 중 한 사람으로 만들어주었다. 도대체 무슨 대의명분이었을까?

춘추오패는 다섯 사람 또는 여섯 사람이다. 오나라 합려를 포함하면 여섯이고 실제로 패업을 이룬 사람만 엄격히 추리면 다섯이다. 하지만 그중 가장 뛰어난 영웅 딱 두 사람만 꼽으라면 제환공과 초장왕이다. 제환공은 최초로 패업을 이룩했다. 그가 꼽히는 것은 당연하다. 딱 한 사람만 꼽으라면 마땅히 제환공을 택해야 한다. 그렇다면 왜 초장왕을 그에 버금가는 영웅으로 꼽을 수 있는가? 바로 그가 힘들여 만든 대의명분 때문이다. 도대체 그것이 무엇이기에 초장왕을 춘추오패 중 가장 뛰어나고 중요한 두 인물 중 하나로 손꼽을 수 있는 것일까? 그가 이룩한 업적은 무엇일까?

제환공이 최초로 패업을 달성했을 때 그는 중원의 패자였다. 즉 남쪽의 초나라는 제외되어 있었다. 초나라는 강대국이었지만 명분상으로는 남방의 오랑캐 정도로 취급받았다. 중원

나라들은 초나라를 오랑캐 취급하면서도 힘이 너무 세서 두려워했다. 제환공은 패업을 이루는 한 수단으로 중원 나라들이 초나라에 대해 품고 있던 두려움을 이용하기까지 했다.

초나라가 오랑캐 취급을 받는 이상 절대로 패업을 이룩할 수는 없었다. 패업은 어떻게 해야 이룰 수 있었을까? 중원 모든 나라 제후들이 맹약을 맺어 패자로서 추대해야만 가능했다. 힘으로 정복한다면 일시적으로 굴복시킬 수 있을지는 모르지만 진정한 주인이 될 수는 없었다. 따라서 중원의 제후들에게 초나라가 중원 땅 정복을 노리는 외부의 적이 아니라 그들과 존왕양이의 뜻을 함께하는 인의(仁義)의 나라임을 보여주어야만 했다. 그들과 별로 다르지 않다는 것을 확인시켜야만 했다. 적이 아니라 동지일 수 있음을 믿게 만들어야만 했다. 즉 초나라는 중원 나라들과 다르지 않다는 명분을 내세워야 중원의 패자가 될 수 있었다. 이것이 바로 손숙오가 말한 대의명분, 초장왕이 변방국 초나라 임금이었기에 새롭게 만들어야 했던 대의명분이었다.

마침 그 기회가 왔다. 초장왕이 왕위에 오른 지 9년째 되던 해인 기원전 605년, 초나라와 북쪽으로 이웃해 있는 정(鄭)나

또 다른 패자들: 진문공, 초장왕, 오왕 부차, 월왕 구천

춘추오패

왼쪽부터 제환공, 진문공, 초장왕, 오왕 부차, 월왕 구천. 춘추오패로는 보통 이 다섯 사람을 꼽는다. 하지만 사마천은 『사기』에서 제환공, 진목공, 송양공(宋襄公), 진문공, 초장왕을 들기도 하는 등 춘추오패에 속하는 인물들은 자료마다 제각각이다. 실제로 역사를 살펴보면 춘추시대에 강력한 영향력을 행사했던 제후를 굳이 다섯 사람만으로 한정할 근거는 없다. 춘추오패의 다섯은 상징적인 숫자에 불과한데, 한나라 때 이후 유행한 오행사상(伍行思想)에 따라 생겨나 굳어진 관념적인 수일 뿐이다. 오행사상은 목(木)·화(火)·토(土)·금(金)·수(水) 다섯 가지 요소로 우주만물의 운동을 설명하는 동양철학 이론이다.

또 다른 패자들: 진문공, 초장왕, 오왕 부차, 월왕 구천

123

라 군주가 신하에게 피살되는 일이 벌어졌다. 명분이 생긴 것이다. 초나라는 정나라로 쳐들어갔다. 하지만 초장왕은 일거에 정나라를 정복하지 않았다. 힘으로 한다면야 얼마든지 가능했지만 매년 한 번씩 공격했다가 후퇴하고 공격하다가 후퇴하기를 반복했다. 당시 맹주였던 진(晉)나라가 가만히 있을 리 없었다. 그때 진나라는 진성공(晉成公)이 즉위해 있었다. 그는 즉시 제후들을 소집해 연합군을 결성했다. 그 소식을 들은 초나라는 곧바로 물러났다. 그러고는 3년 동안 군사들을 쉬게 하며 얌전히 지냈다.

기원전 599년 초장왕은 다시 정나라를 향해 쳐들어갔다. 진나라는 정나라를 돕기 위해 군대를 파견했다. 그러자 초장왕은 변변히 싸워보지도 않고 후퇴했다. 역시 초장왕다운 행동이었다. 왕위에 오른 후 속마음을 감춘 채 3년이나 기다렸던 그가 아니었던가! 기다림의 미덕! 초나라 군대가 물러가자 진나라 군대도 돌아갔다.

초조한 건 정나라였다. 도저히 힘으로 대적하기 어려운 상대가 잽만 날리며 빙빙 돌면 어떻게 될까? 언제 결정타가 날아올지 몰라 안절부절못하기 마련이다. 게다가 진나라는 진문공이 죽은 후 맹주 자리가 흔들리고 있는 처지라서 언제까지나 도와줄 수도 없었다. 마침내 정나라는 모반을 일으켰던 자들을 스스로 처단한 후 동맹을 맺자고 초나라에 먼저 제안했다. 말이 동맹이지 항복이었다. 힘으로 단 한 번에 정복할 수 있던 나라로부터 7년 만에 항복을 받아낸 것이었다. 참으로 대단한 인내력이 아닐 수 없었다. 정나라를 정복하기 위해 침공한 것이 아니라 정나라에서 벌어진 대역죄를 다스리기 위해 군사를 일으켰다는 명분을 얻으려고 무려 7년을 기다린 것이었다.

하늘은 스스로 돕는 자를 돕는다고 했던가? 이번에는 이웃 진(陳)나라에서 정나라와 똑같은 일이 벌어졌다. 신하가 임금을 죽인 것이다. 이번에도 초나라는 '정의(正義)의 수호자' 깃발을 높이 내걸고 진나라로 쳐들어갔다. 이미 정나라를 공격하면서 명분을 얻었으니 이번에는 우물쭈물할 이유가 없었다. 초장왕은 진나라를 아예 멸망시키고 초나라의 일개 현(縣)으로 만들어버렸다. 하지만 그는 진의 공자 영제를 진공(陳公)에 임명해 그대로 다스리게 한 후 물러났다. 진나라를 정복했다가 독립시켜준 것이었다. 기원전 598년의 일이었다.

또 다른 패자들: 진문공, 초장왕, 오왕 부차, 월왕 구천

초장왕은 정나라·진나라와 벌인 전쟁을 통해 자신이 정복자가 아님을 확실하게 보여주었다. 상대방을 파멸로 이끈 것이 아니라 평화협정을 맺고 끝냈다. 자신이 남방의 오랑캐가 아니라 아량과 덕을 갖춘 인물이라는 것을 널리 알렸다. 이전의 초나라 왕들이 무력으로 영토를 넓히려 했다면 초장왕은 '정의의 수호자'라는 기치를 높이 내걸고 다른 제후들의 마음을 사로잡았다. 초나라는 중원 나라들과 맞서는 오랑캐 나라가 아니라 중원 나라들과 다를 바 없다는 생각을 그들에게 심어주는 데 성공했다.

드디어 초나라는 당시 패자이던 진(晉)나라와 일대 결전을 벌였다. 저 유명한 필(邲) 전투였다. 초장왕 이전이었다면 그 싸움은 중원의 패자에 대한 초나라의 침략으로 여겨졌을 것이다. 하지만 초나라는 이미 명분을 얻었다. 초나라와 진나라의 전쟁은 중원에 대한 초나라의 침략 전쟁이 아니라 중원의 패권 쟁탈전으로 의미가 바뀌었다. 침략이 아니라 도전이었다. 그 도전에서 이기면 중원의 패자가 될 수 있었다. 기원전 597년 초나라는 필 전투에서 크게 이겼다.

진나라와 일대 결전에서 승리했으니 초장왕은 패왕(覇王)이 되었음을 선언해도 좋았다. 하지만 그는 승전을 자축하는 기념물을 세우자는 신하들의 제안을 물리치고, 대신 황하에 제사를 지내고 사당을 지었다. 그리고 초나라로 얌전히 돌아갔다. 지난날 진문공이 성복 전투에서 초성왕을 격퇴시킨 후 승전을 축하한 것과는 딴판이었다. 초장왕은 생각했다.

'지금 당장 승전을 축하하고 패왕이 되려는 야심을 드러낸다면 중원 나라들이 오랫동안 초나라에 대해 갖고 있던 두려움을 자극할 수도 있다. 그러면 그들이 다시 결속할 수도 있어.'

그는 승리를 자축하는 대신 승전을 슬프게 생각한다는 뜻을 남겼다. 그는 적이건 아군이건 그 전투에서 죽은 이들을 모두 추모하는 제사를 지냈다. 그리고 주나라의 위대한 성군 무왕(武王)을 기리며 자신을 한껏 낮추었다. 이 기회에 완전히 중원 나라들의 마음을 사로잡기 위해 또 한 번 인내의 미덕을 발휘한 것이다. 초나라가 완벽하게 중국 내 한 나라가 되기 위한 마지막 인내였다.

기원전 594년 마침내 초장왕은 제3대 패공의 지위에 올랐다. 필 전투에서 진나라를 격파한 지 3년 만이었고, 초장왕이 즉위한 지 19년 만이었다. 그의 원대한 꿈, 정확한 상황 판단, 놀라운 인내력이 이룬 결실이었으며, 손숙오 같은 뛰어난 인재를 발굴할 줄 아는 뛰어난 안목이 이룬 업적이었다.

초장왕이 춘추시대 패자가 된 것은 제환공과 진문공이 패자가 된 것과는 성격이 다르다. 제환공과 진문공은 초나라를 제외한 중원의 패자였다. 중원의 나라들은 초나라를 두려워했다. 만일 초장왕이 힘만으로 중원을 정복했다면 초나라는 중원을 일시 점령했던 오랑캐로 역사에 남지 춘추오패의 한 사람으로 남지 않았을 것이다. 그리고 중원 국가들은 합심해서 초나라를 물리쳤을지도 모른다. 어쩌면 중국은 남북으로 분열되어 서로 다른 나라가 되었을 수도 있다. 그런데 초장왕 덕분에 '천하(天下)'의 뜻이 달라졌다. 천하는 제나라, 노나라, 진(晉)나라, 송나라 등을 중심으로 한 중원에서부터 남쪽 초나라까지 포함하는 중국 전역으로 넓어졌다. 초장왕이 춘추오패의 한 사람이 되었다는 것은 중국 영토가 양자강 이남까지 확장되었다는 것을 의미한다. 초장왕 덕분에 남방의 여러 민족들을 통합하는 거대 중국이 완성되었다고 보아도 된다.

초장왕을 마무리하면서 그가 뛰어난 인물이라는 것을 보여 주는 유명한 일화 하나를 소개한다. 바로 '절영지회(絶纓之會)'다. '절영(絶纓)'은 '갓끈을 끊다'라는 뜻이다.

초장왕이 왕위에 오른 지 얼마 안 되었을 때 반란이 일어났다. 초장왕은 반란을 진압한 후 신하들과 함께 축하연을 열었다. 많은 사람이 취했다. 그때 갑자기 바람이 불어 촛불이 꺼졌다. 어둠 속에서 장웅(蔣雄)이라는 신하가 초장왕이 아끼는 여인을 껴안았다. 술김에 한 짓이었을 것이다. 그녀는 장웅의 갓끈을 끊어 장왕에게 바쳤다. 그러자 장왕은 모든 신하들의 갓끈을 끊으라고 명령했다. 그리고 잠시 뒤 촛불이 켜졌다. 장웅이 얼마나 감격했을까!

그 후 장웅은 필 전투에서 선봉에 서서 목숨을 아끼지 않고 싸워 큰 공을 세웠다. 더 덧붙일 말이 필요 없는 일화다.

오왕 부차와 월왕 구천, 와신상담

오(吳)나라는 양자강 남쪽 나라고 월(越)나라는 그보다 더 남쪽 나라다. 베트남을 예전에 월남(越南)이라고 부른 것은 베트남이 월나라 남쪽에 있었기 때문이다. 즉 월나라는 중국에서

또 다른 패자들: 진문공, 초장왕, 오왕 부차, 월왕 구천

가장 남쪽 나라다.

중국 대륙 남방에 있던 초나라의 장왕이 패업을 이룬 뒤 남쪽 나라들끼리 패업을 다툰다. 그리고 오나라와 월나라가 잇달아 패자의 지위에 오른다. 초장왕에 이어 패업을 이룩한 이는 오나라 왕 부차(夫差: ?~기원전 473)고, 이어서 월나라 왕 구천(句踐: ?~기원전 464)이 패업을 이룬다. 남북으로 이웃해 있는 나라끼리 패권을 다투었으니 그 싸움이 한결 치열할 수밖에 없었다. 둘 사이 관계를 단적으로 보여주는 것이 바로 '와신상담(臥薪嘗膽)'일화다. 와신상담이란 울퉁불퉁해 불편한 섶나무(땔나무) 위에 누워 자고 쓰디쓴 쓸개를 핥는다는 의미다. 편하게 지내는 대신 스스로 자극을 가해서 지난날의 굴욕을 되새긴다는 뜻이다. 물론 복수하기 위해서이다. 섶나무에 누워 잔 것은 오나라 부차이고 쓰디쓴 곰쓸개를 핥은 것은 월나라 구천이다.

와신상담의 속 내용을 알아보기 위해서는 오왕(吳王) 부차의 아버지 합려(闔閭) 이야기부터 해야 한다. 패업을 이룬 것은 아들 부차지만 그 기초를 다진 것은 합려였기 때문이다.

합려는 오나라 제20대 왕 제번(諸樊)의 아들로서 이름은 광

(光)이었다. 첫째인 제번이 죽자 왕위는 두 동생들이 물려받았으며, 이후 둘째 동생의 아들 요(僚)가 왕위를 이었다. 공자로 있던 광은 사촌 동생 요를 살해하고 제24대 오나라 왕에 올랐다. 기원전 515년의 일이다. 왕위를 찬탈한 것이지만 따지고 보면 본래 그가 차지해야 할 자리기도 했다.

합려는 풍운의 인물 오자서(伍子胥)를 재상으로 삼고 『손자병법(孫子兵法)』으로 유명한 손무(孫武)에게 군대 조직을 맡긴다. 우리에게는 오자서보다 손무가 더 유명하지만 오자서는 제환공의 관중에 비견할 만한 인물이었다. 오자서와 손무의 힘으로 군사력을 키운 합려는 기원전 506년 초나라를 공격해서 수도 영(郢)을 함락시킨다. 초나라를 거의 멸망 직전으로 몰아넣었지만, 이웃 월나라가 침공해 오고 동생 부개(夫槪)가 난을 일으키는 바람에 합려는 허둥지둥 오나라로 돌아와 난을 진압했다. 월나라 군대도 시위만 하다가 돌아갔다. 덕분에 초나라는 기사회생했다.

합려는 월나라에 대해 원한을 품었다. 다 된 밥에 재를 뿌리다니! 초나라를 멸망시키고 천하를 손에 쥘 찰나에 훼방을 놓다니! 국력을 키워 중원 진출에 성공한 합려는 드디어 월나

또 다른 패자들: 진문공, 초장왕, 오왕 부차, 월왕 구천

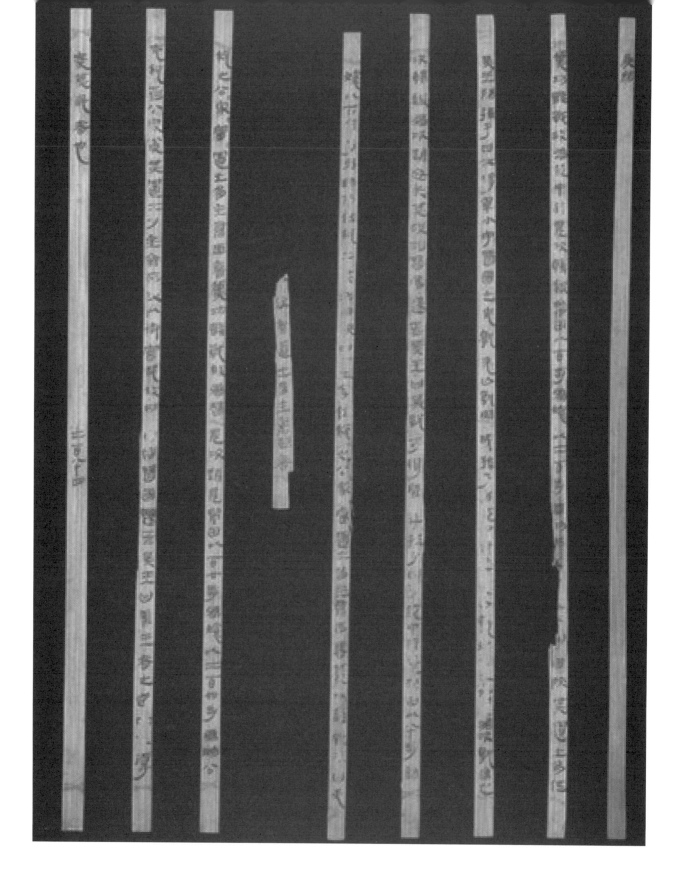

『손자병법』

산동성 은작산(銀雀山)의 한나라 시대 묘에서 발굴된『손자병법』죽간(竹簡). 지금까지 전하는 최초의 판본이다.『손자병법』은 13편 6,704자로 이루어져 있는데, 국가 차원의 전략 문제부터 전술 문제까지 모두 다루고 있다. 삼국시대의 조조(曹操), 당 태종(唐 太宗) 이세민(李世民), 마오쩌둥(毛澤東)과 장제스(蔣介石) 등은 『손자병법』을 자신의 전략 지침서로 삼은 대표적인 인물들이다.『손자병법』에서 가장 유명한 구절은 "지피지기 백전불태 부지피이지기 일승일부 부지피부지기 매전필태(知彼知己 百戰不殆 不知彼而知己 一勝一負 不知彼不知己 每戰必殆)"다. '적을 알고 나를 알면 백 번 싸워도 위태롭지 않으며, 나를 알고 적을 모르면 승리와 패배를 주고받으며, 적도 모르고 나도 모르면 싸움에서 반드시 위태롭다'는 뜻이다.

또 다른 패자들: 진문공, 초장왕, 오왕 부차, 월왕 구천

라 정복에 나섰다. 기원전 496년의 일이니 초나라 정복에 나선 이후 10년 만이었다. 하지만 그는 월왕(越王) 구천에게 패하고 말았다. 더욱이 화살에 맞아 심각한 중상을 입었다. 병상에 누운 합려는 죽기 전 아들 부차를 불러 원수를 갚을 것을 유언으로 남긴다.

아버지가 죽은 후 부차는 가시 많은 섶나무 위에 자리를 펴고 누워 잤다. 그뿐 아니었다. 방 앞에 사람을 세워두고 "부차야, 아비의 원수를 잊었단 말이냐!"라고 외치게 했다. 부차는 매일 밤 눈물을 흘리며 아버지의 원한을 되새겼다. 이것이 바로 와신상담의 '와신(臥薪: 섶나무 위에 누워 자다)'이다. 부차는 오자서를 상국(相國)으로 삼고 백비(伯嚭)를 태재(太宰)로 삼아 월나라로 진격할 준비를 했다.

부차가 전쟁 준비를 열심히 한다는 소식을 듣자 월왕 구천은 선제공격을 가했다. 그러나 이 싸움에서 구천은 대패하고 말았다. 회계산(會稽山)으로 도망친 구천은 결사 항전을 결심했다. 하지만 충신 범려(范蠡)가 어떻게든 살아남아 후일을 도모하자고 설득했다. 범려는 백비에게 뇌물을 보냈다. 뇌물을 받은 백비는 구천을 살려주자고 부차를 설득했고, 부차는 오자서의 반대에도 불구하고 구천을 죽이지 않고 노비로 삼았다. 그리고 구천의 아내를 첩으로 삼았다.

구천은 부차의 노비로서 온갖 굴욕을 다 참아냈다. 그렇게 2년의 세월이 흘렀다. 부차는 구천의 겉모습에 속았다. 그가 진심으로 회개하고 속죄했다고 믿었다. '혹시 저자가 딴마음을 품더라도 저렇게 비굴한 자가 무슨 큰일을 하겠는가'라고 생각했다. 더욱이 뇌물을 잔뜩 먹은 백비가 옆에서 부추겼다. 오자서의 강력한 반대에도 불구하고 부차는 구천을 월나라로 돌려보냈다.

부차에게 구천은 안중에도 없었다. 초나라가 쇠약해졌으니 중원으로 진출해 제나라를 제압하고 중원의 패자가 되는 것이 급선무였다. 구천이 가슴속에 시퍼런 복수의 칼날을 갈고 있음을 오자서만이 알아보았다. 구천의 가슴속에 천하 제패의 원대한 꿈이 들어 있음을 오자서만이 간파했다. 훌륭한 지도자가 되는 길은 아랫사람의 진정 어린 충고를 받아들일 줄 아느냐 모르느냐에 달려 있다는 것은 예나 지금이나 마찬가지 진리다.

구천은 비굴한 자가 아니었다. 그는 영웅이었다. 월나라로

또 다른 패자들: 진문공, 초장왕, 오왕 부차, 월왕 구천

돌아온 구천은 자신이 받은 수모를 반드시 되갚겠다고 맹세했다. 그는 고기를 먹지 않았으며 무명옷을 입고 잡곡을 먹었다. 또 식탁 위에 쓰디쓴 곰쓸개를 달아놓고 음식을 먹을 때마다 그 쓸개를 혀로 핥았다. 지난날의 굴욕을 되씹기 위해서였다. 이것이 바로 와신상담의 '상담(嘗膽: 쓸개를 핥다)'이다. 그는 그렇게 스스로를 다그치면서 국력을 키웠다.

월나라가 강대해지는 것을 본 오자서가 부차에게 여러 번 간언했다.

"구천이 지금 쓸개를 맛보며 백성들과 함께 복수를 벼르고 있습니다. 중원을 도모하기 전에 먼저 구천을 쳐야 합니다."

하지만 부차는 오자서의 말을 듣지 않았다. 그의 머릿속에는 중원만이 들어 있었다. 부차는 노나라를 침공해 승리를 거두고 2년 후에는 제나라를 쳐서 승리를 거두었다. 중원 제패의 날이 가까워진 듯했다. 모든 신하들이 기뻐했지만 오자서만은 고개를 가로저었다.

"이번에 제나라를 친 것은 작은 승리에 불과합니다. 월나라를 멸망시키지 않으면 장차 큰 화가 미칠 것임을 어찌 모르십니까?"

부차는 크게 노했다. 축하해도 모자랄 판에 비난이라니! 대업을 앞두고 재수 없는 소리만 하고 있다니! 부차는 오자서에게 보검 한 자루를 보냈다. 자살하라는 뜻이었다. 오자서는 그 보검으로 목을 베어 자살했다. 오자서가 죽은 다음 해인 기원전 482년, 오왕 부차는 황지(黃池)에서 제후들을 모아 회맹을 갖고 패업을 이루었다.

하지만 기쁨도 잠시, 바로 그해 월왕 구천이 오나라에 침공해 승리를 거두었다. 그리고 기원전 473년 오나라는 월나라의 침입을 받아 결국 멸망하고 말았다. 부차는 충신 오자서의 말을 듣지 않고 간신 백비의 말만 들은 것을 두고두고 후회하다가 목을 베어 자살했다. 패자의 나라였던 오나라를 멸망시킨 월나라는 자연스럽게 새로운 패자의 나라로서 중원을 호령하게 되었다.

춘추오패 중 오왕 부차와 월왕 구천은 초장왕의 대업을 이은 것으로 보아도 된다. 오나라와 월나라는 초나라와 마찬가지로 남방의 나라들이다. 앞에서 "초장왕 덕분에 천하는 제나라, 노나라, 진(晉)나라, 송나라 등을 중심으로 한 중원에서, 남

또 다른 패자들: 진문공, 초장왕, 오왕 부차, 월왕 구천

쪽 초나라까지 포함하는 중국 전역으로 넓어졌다"라고 말했다. 즉 남방의 국가들이 자연스럽게 천하 제패의 각축장에 나설 수 있게 된 것이다. 그런 의미에서 오왕 부처와 월왕 구천은 획기적 인물이라기보다는 넓어진 중국 천하를 일시 호령했던 인물이라 하겠다. 더욱이 오나라와 월나라는 춘추시대에 이어지는 전국시대에 가장 강력했던 일곱 나라인 칠웅(七雄)에 들지도 못한다.

춘추시대는 춘추오패가 각각 천하를 호령하기는 했지만 아직 진정한 의미의 천하 제패는 이루어지지 않았다. 천하 제패는 훗날 진(秦)나라의 진시황(秦始皇)에 의해 이루어진다. 이제부터 그 이야기를 해보기로 하자.

제 2 부

진시황의 천하 통일

진효공과 상앙, 변법을 실시하다

　　　　　지금까지는 춘추시대 춘추오패에 대해 이야기했다. 이제 전국시대(戰國時代)로 넘어갈 차례가 되었다. 그렇다면 전국시대는 언제를 말할까? 전국시대는 춘추시대와 무엇이 다를까? 학자들 사이에 많은 이견이 있지만 전국시대란 대체로 기원전 403년부터 진시황이 천하를 통일한 기원전 221년까지를 일컫는 것이 정설이다. 기원전 403년은 주위열왕(周威烈王) 23년이다. 그렇다면 당시 무슨 일이 있었기에 그해를 전국시대의 출발로 삼을까?

　기원전 403년은 춘추시대 패자들이 내세웠던 대의명분이 사라진 해다. 제환공이 천하 제패를 위해 관중의 의견을 따라 내세웠던 존왕양이라는 명분이 사라진 해다. 왜 그렇게 되었을까?

50년 전인 기원전 453년, 패업을 이룬 진문공의 나라인 진(晉)나라는 조(趙)·위(魏)·한(韓)의 세 나라로 분열되었다. 그리고 20년 후 진나라는 이 세 나라에 의해 멸망당해 완전히 역사 속에서 사라졌다. 이 세 나라는 진나라의 대부였던 세 가문이 진나라 땅을 빼앗아 세운 나라들이었다. 그랬기에 제후로 인정받지 못했다. 왕위 찬탈이요, 하극상이었기 때문이다. 그런데 기원전 403년 주위열왕이 그들을 정식 제후로 임명했다. 역적들을 제후의 반열에 올린 것이다. 역적도 제후가 될 수 있음을 주 왕실 스스로 인정한 셈이어서 명분으로나마 존재하던 주 왕실의 권위가 완전히 땅에 떨어지고 말았다. 주 왕실이 존왕양이라는 대의명분을 스스로 던져버린 사건이었다.

이후 모든 제후들은 공(公)이라는 호칭 대신 왕(王)이라는 호칭을 사용하기 시작했다. 이전까지는 비록 명분뿐이었지만 주나라 왕실은 그런대로 중심 역할을 했다. 하지만 이제 모든 제후들이 왕의 호칭을 사용하고 스스로 중심이 되려 했다. 제후들의 회맹도 필요 없었다. 힘으로 다른 나라를 정복하면 되었다. 당연히 나라들끼리 약육강식 싸움이 벌어졌다. 수많은 나라가 힘을 얻었다가 쇠퇴하고 멸망하기도 했다. 이 싸움은 진시황제가 중국을 통일할 때인 기원전 221년까지 계속되었다. 전국칠웅(戰國七雄)이란 그때까지 멸망하지 않고 살아남은 진(秦)·조(趙)·위(魏)·한(韓)·제(齊)·연(燕)·초(楚) 일곱 나라를 말한다.

전국시대 제후들이 모두 왕의 호칭을 사용하기 시작했다는 것은 주 왕실을 지탱해오던 봉건제가 완전히 무너진 것을 뜻한다. 새로운 질서를 세우는 것이 필요해졌다는 말이다. 전국시대는 강한 자는 살아남고 약한 자는 멸망할 수밖에 없는 약육강식의 시대였다. 승자가 되려면 무엇보다 힘이 필요했던 시기였다. 하지만 그것만으로는 부족했다. 최후의 승자가 되려면 봉건제를 대체할 수 있는 새로운 질서를 만들어야 했다. 또한 단순히 힘을 겨루는 것이 아니라 천하를 경영한다는 큰 뜻이 있어야 했다. 강력한 힘과 함께 새로운 질서를 만들 수 있는 안목과 실력, 천하를 경영한다는 큰 뜻이 있어야만 최후의 승자가 될 수 있었다.

그 조건을 갖춘 나라가 진(秦)나라였고 그 뜻을 이룬 이가 진시황이었다. 하지만 진시황의 천하 통일은 그 혼자 단번에 이룬 것이 아니었다. 진나라 역대 왕들이 이룬 업적이 있었기에 그의 천하 통일이 가능했다. 그 이야기들로부터 시작해보기로 하자.

진나라는 지리상으로 중원과 멀리 떨어진 서쪽 변방에 있는 나라였다. 그 때문에 거의 막차를 타다시피 겨우 전국칠웅의 반열에 오른 나라가 되었다. 진나라는 애당초 주 왕실의 제후국에도 속하지 못했다. 진나라가 겨우 제후의 반열에 오른 것은 기원전 800년경 주나라, 그러니까 서주(西周)가 망해갈 무렵이었다. 진나라 군주 영개가 견융을 몰아내고 주평왕을 옹립하는 데 도움을 준 덕분에 제후의 반열에 올랐다는 사실은 이미 앞에서 이야기했다. 영개는 죽어서 양공이라는 시호를 받아 진나라 초대 임금인 진양공이 되었다는 사실도 이야기했다.

진나라가 전국시대 강국이 되어 천하를 호령할 수 있게 된 것은 제25대 진효공(秦孝公: 기원전 381~기원전 338)에 이르러서였다. 이때 진시황이 천하를 통일할 전기(轉機)가 마련되었다고 보면 된다. 아니다. 전기가 마련된 것이 아니라 확실하게 도약했다. 큰일을 성취하기 위해서는 언제나 도약이 필요한 법이다. 바로 진나라의 이 도약을 가능하게 한 인물이 진효공 시대 정치가 상앙(商鞅)이었다.

하지만 그 전에 꼭 언급해야 할 인물이 있다. 기원전 660년부터 기원전 621년까지 재위했던 제14대 진나라 임금 진목공(秦穆公)이다. 진목공은 백리해(百里奚), 건숙(蹇叔) 등의 인재를 중용하여 진나라를 중흥시켰다. 그는 서쪽으로는 이민족들을 정벌하고 동쪽으로는 황하 서쪽까지 진출해 진나라 영토를 크게 확장했다.

진목공의 위세가 얼마나 대단했는지를 보여주는 것이 바로 이웃 진(晉)나라와의 관계다. 춘추오패 중 두 번째 인물인 진문공(晉文公) 이야기에서 이미 보았듯이 진목공은 진문공이 왕위에 오르는 데 큰 도움을 주었다. 진(晉)나라에서 군주 자리를 놓고 변란이 일어났을 때 당시 진(秦)나라에 망명 중이던 왕자 이오가 진혜공으로 즉위했는데, 이때 진목공이 그를 도와주었다. 진혜공 이오는 진문공 중이의 동생이었다. 동생이 재빠르게 왕위에 오르자 중이는 기나긴 유랑 길에 올랐다.

진혜공은 왕위에 오른 후 진목공과 했던 약속을 번번이 어겼다. 게다가 신의 없는 정치를 일삼았다. 보다 못한 진목공은 진(晉)나라를 공격해서 진혜공을 포로로 잡았다. 하지만 신하들의 간언으로 그를 살려서 돌려보냈다. 대신 진목공은 태자 어를 인질로 삼았다. 진혜공이 죽자 태자 어는 진목공과 상의도 없이 자기 나라로 도망가서 왕위에 오르니 그가 진회공이다. 진회공은 천하를 유랑 중이던 중이의 조카였다. 진회공을 괘씸하게 여긴 진목공은 당시 초나라에 망명 중이던 중이를 불러들여 사위로 삼았다. 그리고 그가 진나라 임금 자리를 차지하도록 도와주었다. 이 중이가 바로 제환공에 이어 두 번째 패업을 이룬 진문공이다. 호랑이 등에 날개를 달도록 도와준 셈이었다.

진목공의 뛰어난 업적 때문에 그를 춘추오패의 한 사람으로 꼽는 역사가들도 있다. 물론 진목공은 뛰어난 인물이다. 하지만 진목공은 중원 제후들과 회맹에 의해 패자로 인정받은 적이 없었다. 제후들에 의해 패자로 인정받은 이는 진문공이다. 더욱이 그는 진문공과 같은 시대 사람이 아닌가? 한 지붕 아래 두 명의 패자가 있을 수는 없다. 따라서 진목공을 춘추오패의 한 사람으로 꼽는 것은 무리다.

비록 춘추오패의 한 사람으로 진목공을 주저 없이 꼽을 수는 없지만, 그가 진(秦)나라의 천하 통일 대업을 향한 주춧돌을 놓았다는 사실은 부인할 수 없다. 진목공 덕분에 진나라는 아무도 거들떠보지 않던 작은 나라에서 그 누구도 무시할 수 없는 강국이 되었다. 이제 거기서 도약만 하면 되었는데, 그러기까지 200년 이상 기다려야 했다. 그 도약을 이룬 인물이 바로 진효공이고, 그것을 가능하게 도운 인물이 상앙이었다. 과연 진효공이 어떤 업적을 이루었기에 진나라가 그처럼 비약적인 발전을 한 것일까?

제법 강대해진 진(秦)나라가 중원으로 진출하는 데 늘 걸림돌이 된 것이 이웃 진(晉)나라였다. 그런데 진나라가 조·한·위 세 나라로 갈라지더니 아예 멸망해버렸다. 당시 진(秦)나라 임금은 진헌공(秦獻公)이었다. 진헌공은 기뻐했다. 중원으로 진출할 수 있는 절호의 기회가 온 것이다. 하지만 생각뿐이었다. 바로 국경을 맞대고 있는 위나라와 한나라가 훌륭한 인재를 양성하고 받아들이면서 조금도 국력이 약해지지 않았기 때문이었다. 어찌 보면 전보다 더 강한 나라가 되었다고 보는 것이 옳을 정도였다. 진헌공은 중원 진출의 꿈만 꾸었을 뿐 그 꿈을 조금도 이루지 못하고 재위 23년 만에 세상을 떠났다. 그 뒤를 이어 진효공이 즉위했다.

진효공도 선대의 꿈을 이어받아 중원 진출을 자신의 목표로 삼았다. 그러자면 무엇보다 재능 있는 인재가 필요했다. 그는 기원전 362년 즉위와 동시에 포고를 내렸다. 나라를 부강하게 할 능력이 있는 자는 신분의 귀천과 계급의 고하를 불문하고 중용할 것이며 큰 상을 내린다는 포고였다. 그리고 이듬해인 기원전 361년 상앙이라는 인물을 등용해 일대 도약을 이룩했다.

당시는 정말 난세였다. 멀쩡하던 나라가 하루아침에 망할 수 있었다. 힘이 없던 나라가 일거에 강국이 될 수 있었다. 게다가 천하에 중심이 없었다. 세상이 앞으로 어떻게 될 것인지 아무도 알 수 없었다. 난세가 영웅을 만든다고 했던가! 수많은 영웅들이 등장했다. 새로운 세상을 꿈꾸는 개혁가들 역시 많이 등장했다. 그들 중 한 사람이 바로 상앙이었다.

당시 인재들은 자신의 뜻을 펼칠 나라, 자신을 받아줄 제후를 찾아 천하를 유랑했다. 노나라에서 태어난 공자도 자신을 알아줄 사람을 찾아 천하를 떠돌았다. 자신의 고향 땅 임금을 믿고 충성을 다하면 될 때가 아니었다. 임금이 제대로 능력을 갖추고 있느냐 아니냐에 따라 나라의 운명이 결정되던 때였다. 그 능력 중 제일 중요한 것이 인재를 알아보고 받아들일 줄 아는 안목이었다. 진효공은 그런 안목을 가진 임금이었고 상앙은 뛰어난 인재였다.

상앙은 위(衛)나라 출신이었다. 그래서 그를 위앙(衛鞅)이라 부르기도 한다. 또한 그가 위나라 공손(公孫: 임금이나 제후의 후손)이었기에 공손앙(公孫鞅)이라 부르기도 한다. 그는 후에 진나라에서 큰 공을 세우고 상(商)이란 땅을 봉지로 받아 상앙(商鞅) 또는 상군(商君)이라 불리게 되었다.

상앙은 젊어서 형명학(刑名學)을 공부했다. 조금 어려운 단어다. 그냥 요즘의 법률학이라고 생각하기로 하자. 큰 틀의 원칙을 먼저 정하고 그것을 실행하는 법을 배우는 학문이었다. 그는 자신이 배운 것을 세상일에 적용해보고 싶었다. 하지만 자신이 태어난 위(衛)나라는 명맥이 간당간당하는 작은 나라였다. 그는 이웃 위(魏)나라로 들어갔다. 위나라는 진(晉)나라가 셋으로 쪼개지면서 새로 생긴 나라였지만 위문후(魏文侯) 즉위 이후 크게 발전해서 강한 나라가 되었다. 하지만 그는 그 나라에서 환영받지 못했다. 그래서 곧바로 진(秦)나라로 찾아갔다. 진효공이 천하의 인재를 두루 구한다는 이야기를 들었기 때문이었다. 그렇다고 진효공이 그를 즉각 받아들인 것은 아니었다. 진효공이 상앙을 등용한 데는 일화가 있다.

진나라로 간 상앙은 우선 경감(景監)이라는 환관을 찾아가 예물을 바치고 진효공과 알현을 부탁했다. 예나 지금이나 높은 사람을 함부로 만나기는 어려운 모양이다. 경감은 상앙이 진실한 인물인 것 같아 진효공과 만날 수 있게 주선해주었다.

진효공은 상앙을 궁으로 불러 물었다.

"어떻게 하면 나라를 잘 다스릴 수 있는지, 어디 그대의 생각을 말해보오."

상앙은 삼황오제부터 옛 성군(聖君)들 이야기를 입에 침을 튀겨가며 이야기했다. 그러자 진효공은 하품을 하며 끄덕끄덕 졸았다. 상앙은 하릴없이 물러나왔다.

경감은 상앙과 진효공의 만남을 다시 한번 주선해주었다. 그러나 상앙은 이번에도 지난번 다 못 한 이야기만 잔뜩 늘어놓았다. 삼황오제 이후 은나라와 주나라 임금들 이야기만 내내 한 것이다. 듣다못해 진효공이 화를 내며 말했다.

"그대가 공부를 많이 한 것은 알겠소. 하지만 다 옛이야기 아니오. 지금은 시대가 많이 변했소. 그대가 알고 있는 건 지금은 아무짝에도 쓸모가 없소. 더 듣기 싫으니 그만 물러가도록 하오."

난감해진 것은 그를 두 번이나 추천했던 경감이었다. 더욱이 진효공이 쓸데없는 사람이나 소개한다고 책망했으니 경감도 화가 났다. 그가 상앙을 만나 물었다.

"도대체 무슨 이야기를 했기에 우리 전하께서 저렇게 노여워하시는 것이오?"

"옛 황제와 왕의 이야기를 해드렸소. 그런데 저렇게 노여워하시는 걸 보니 전하께서는 왕도(王道)에는 관심이 없고 다른 뜻을 품고 계신 모양이군요."

"참으로 딱하시오. 전하께서는 지금 당장 필요한 지혜를 얻고자 인재를 구하시는 것인데 어찌 옛이야기나 하고 있단 말이오?"

그러자 상앙이 고개를 끄덕이며 말했다.

"알겠소. 전하께서는 왕도보다는 패도(覇道)에 관심이 있으시군요. 다시 한번 전하를 뵈올 수 있게 주선해주시오. 이번에는 내가 패업을 이루는 방법을 말씀드리겠소."

경감은 난감했지만 한 번 더 기회를 만들어보기로 했다. 어느 날 그 기회가 왔다.

그날 진효공은 궁에 홀로 앉아 술을 마시고 있었다. 마침 기러기가 궁전 뜰 위를 날아가고 있었다. 그것을 보고 진효공이 깊은 한숨을 내쉬었다.

경감이 물었다.

"전하, 어찌해 날아가는 기러기를 보고 한숨을 지으십니까?"

진효공이 대답했다.

"옛날 제환공이 자신에게 관중이 있는 것은 기러기에 날개가 있는 것과 같다고 한 것이 기억나서 그러오. 인재를 구한다는 포고령을 내린 지 여러 달이 지났건만 아무도 나타나지 않으니……. 하늘을 날고 싶지만 날개가 없으니 어찌 한숨이 나오지 않을 수 있겠소?"

기회를 잡은 경감이 말했다.

"저의 집에 머물고 있는 상앙이 이렇게 말한 적 있습니다. '전하께서 왕도에 대해서는 별로 관심이 없으심을 알았소. 이제 패도에 대해 말씀을 드리려 하는데 나를 부르지 않으시니 다른 곳으로 가야겠소.' 다시 한번 그를 불러 이야기를 들어보십시오."

패도라는 말에 진효공의 귀가 번쩍 뜨였다. 자신이 진정으로 꿈꾸는 바가 아닌가? 진효공은 이튿날 상앙을 들라 해 물었다.

"그대는 나를 두 번이나 만났으면서 왜 패업에 대해서는 한 마디도 하지 않은 것이오?"

상앙이 대답했다.

"저도 말씀드리고 싶었습니다. 다만 패업을 이루는 일은 왕도를 실행하는 것과는 무척 다르기 때문에 우선 왕도에 대해 말씀드린 것입니다."

"패도가 왕도와 어떻게 다르오?"

"제왕의 도는 민심을 거스르면 안 됩니다. 민심에 순응해야만 합니다. 하지만 패업의 길은 민심을 거스르고 거기에 역행해야 합니다."

진효공은 노해서 칼자루에 손을 얹었다.

"백성은 나라의 근간이거늘 패도를 이루기 위해서는 민심에 역행해야 한다고? 그대는 나를 희롱하는 것인가?"

그러나 상앙은 눈도 깜짝하지 않고 태연히 대답했다.

"거문고 소리가 나지 않을 때는 새 줄로 바꿔야 합니다. 정치도 마찬가지입니다. 낡은 것을 없애고 새로운 것을 얻으려면 백성들을 다독이기만 하면 안 됩니다. 백성들은 눈앞의 편한 것만 바라기 때문입니다. 백성들이 싫다고 해도 새로운 방향으로 이끌어야 합니다. 저는 그것을 역행이라 말씀드린 것입니다. 옛날 제나라의 재상 관중 또한 어명으로 나라를 다스리고 개혁을 했습니다. 처음에는 반발도 많았지만 결국 나라가 부강해지자 모두 그를 따르고 칭송했습니다. 패업을 이루려면 무엇보다 개혁을 실시해야 합니다."

상앙의 말에 진효공의 눈이 커졌다. 수많은 사람을 만나고 받아들였지만 이렇게 과감하게 개혁을 내세우는 경우는 없었다.

"어떻게 개혁해야 패업을 이룰 수 있겠소?"

"나라를 다스림에서 기본이 무엇이겠습니까? 바로 경제입니다. 그러므로 제일 먼저 할 일은 나라를 부유하게 만드는 것

진효공과 상앙, 변법을 실시하다

입니다. 그래야 국방도 튼튼해집니다. 든든한 재정을 바탕으로 강한 군대를 육성해야 합니다. 경제를 발전시키려면 생산력을 높이는 일에 온 힘을 기울여야 합니다. 강한 군사력을 보유하려면 병사들에게 상을 내걸어 의욕을 북돋우고 독려해야 합니다. 그러자면 백성들에게 나라가 무엇을 하고자 하는지 정확히 알려야 합니다. 그리고 백성들이 따라오게 해야 합니다. 백성들이 국가의 명을 엄격히 지키게 하고 상과 벌을 똑바로 집행해야 합니다.”

진효공은 눈이 번쩍 뜨이는 것 같았다. 이후 진효공과 상앙 사이에는 사흘 밤낮 긴 문답이 이어졌다. 옛날 제환공과 관중 사이에 사흘 밤낮 이야기가 오간 것과 똑같았다. 진효공은 상앙을 좌서장(左庶長)에 임명하고 커다란 저택과 재물을 하사했다. 좌서장은 진나라에만 있던 관직으로 지금의 내무부 장관과 법무부 장관 겸직 정도라고 보면 된다.

상앙은 진효공의 전폭 지원 아래 곧 개혁적인 법령 개정 작업에 들어갔다. 얼마 후 새로운 법이 완성되었다. 그러나 상앙은 그 법을 곧장 선포하지 않았다. 새로운 법을 만드는 것도 중요하지만 무엇보다 중요한 것은 백성들이 그 법을 믿고 따르는 것이었다. 상앙은 한 가지 계책을 마련했다.

상앙은 도성인 옹성(雍城) 남문 안 시장에 긴 나무를 하나 세운 뒤 방을 붙였다.

이 나무를 북문으로 옮겨 세우는 사람에게는 황금 10냥을 상으로 내린다.

시장 한복판에 방을 붙였으니 모든 사람이 보았다. 하지만 다들 고개를 갸우뚱할 뿐이었다.

"도대체 무슨 속셈이지?"

"아니, 저렇게 쉬운 일을 시키고 황금 10냥이나 준다니, 누굴 바보로 아나?"

"우리가 어디 한두 번 속았나?"

그 누구도 나무를 옮기려 나서는 자가 없었다. 그러자 상앙은 상금을 5배로 늘렸다. 그러나 백성들의 의심만 커질 뿐이었다. 여전히 아무도 나무를 거들떠보지 않았다.

그러던 어느 날 술에 취한 한 사람이 '에라 밑져야 본전이다' 하는 기분에 나무를 뽑아 북문 앞에 옮겨 세웠다.

보고를 들은 상앙은 그에게 황금 50냥을 상금으로 주었다.

"이 사람은 나라에서 하는 이야기를 믿는 훌륭한 백성이다. 약속한 대로 상금을 내리겠다. 나는 앞으로도 백성들에게 신용을 지킬 것이다."

이 소문이 곧 온 나라 안에 퍼졌고, 백성들은 이런 말을 주고받았다.

"우리 신임 좌서장님은 영(令)을 내리면 반드시 실행하시는 분이야."

이것이 '남문입목(南門立木)'의 일화다.

며칠 후 상앙은 새 법령을 선포했다. 기원전 359년의 일이었다. 새 법령을 본 사람들은 모두 깜짝 놀랐다. 너무 새로운데다 엄했기 때문이었다. 그래도 '남문입목'의 경험이 있기에 상앙이 이 법을 그대로 시행하리라 믿고 지키려는 사람이 많았다. 이 새로운 법을 사람들은 상앙의 '변법(變法)'이라고 부른다. 변법이란 개혁이라는 뜻이다. 상앙은 9년 후인 기원전 350년 제2차 변법을 공포했다. 두 차례에 걸쳐 개혁을 실시한 것이다. 진나라를 일거에 전국시대 최고 강국으로 만든 개혁이니 간단하게 그 내용을 알아보고 넘어가자.

첫째, 강력한 연좌제(緣坐制: 범법자와 일정한 관계가 있는 사람에게 그 범죄에 대해 함께 책임을 묻는 제도)를 시행했다. 각 고을의 호적을 정리하고 모든 가구를 10집씩 묶었다. 그리고 서로 협력하고 감시하게 했다. 만일 이들 중에 범법자가 있으면 나머지 9집은 반드시 관가에 고발해야 했다. 만일 고발하지 않으면 나머지 집들이 모두 부정법(不正法)에 걸려 엄한 처벌을 받았다.

둘째, 분가제도(分家制度)를 실시했다. 한 집안에 두 명의 성인 남자가 있으면 두 사람은 무조건 따로 가정을 꾸려야 했다. 이렇게 각각 세대주가 되면 새롭게 농사를 지을 수밖에 없었다. 새로운 농지를 개간해서 생산량을 늘리기 위한 조치였다.

셋째, 전쟁에 나가 공을 세운 사람에게는 큰 상금을 내렸고, 개인 간의 싸움은 철저히 금지했다. 나라 안에서는 서로 사이좋게 지내고, 밖에서만 무력을 발휘하게 했다. 군사력을 높이기 위한 조치였다.

넷째, 농업 생산성을 높이기 위한 법령을 강력히 시행했다. 백성들은 생산 증가에 온 힘을 쏟아야 했고 그것을 국가가 감독했다. 한편 상공업은 국가에서 독점했다. 나라의 재정을 늘리기 위한 조치였다.

다섯째, 귀족들의 기존 특권을 박탈했다. 그리고 전쟁에서 거둔 공에 따라 새롭게 작위와 봉토를 주었다. 세습되던 토지가 새롭게 분배되자 앞다투어 전투에서 공을 세우려 애쓰게 되었다.

이상이 제1차 변법의 내용이다. 이것만 해도 반발이 많을 수밖에 없는 강력한 개혁이었다. 특히 기득권을 가지고 있던 귀족들의 반발이 심했다. 그런데 제2차 개혁은 더욱 적극적이었다. 그 내용은 다음과 같다.

첫째, 군현제도(郡縣制度)를 실시했다. 사실은 이 내용이 가장 개혁적이며 진나라 천하 통일의 기초가 되었다고 보면 된다. 여러 마을들을 묶어서 더 큰 행정구역인 현(縣)에 포함시킨 다음, 각 현에 중앙에서 관리를 직접 파견했다. 각 지역 제후들이 대신 다스려 지방자치제의 성격이 강했던 봉건제도의 잔재를 사라지게 한 개혁이었다.

둘째, 농토 구획을 실시했고 도량형(度量衡: 길이, 부피, 무게 따위를 재는 방법)을 통일했다. 이것 또한 놀랄 만한 개혁이었다. 아무렇게나 나 있던 둑길을 모두 터버리고 새롭게 길을 내면서 농업 생산성이 놀랄 만큼 향상되었다. 도량형을 통일함으로써 수확 관리와 세금 징수가 효과적으로 이루어질 수 있었다. 농가의 소득이 높아졌고, 이에 따라 세금도 수십 배나 더 거둬들여 나라 재정이 튼튼해졌다.

셋째, 제1차 변법의 분가제도를 더 강화해서 소가족제도를 확립했다. 한 집안에 아버지와 아들, 또는 형제가 함께 사는 것을 금지한 것이다. 이에 따라 생산성이 높아지고 주거 환경이 좋아졌다.

상앙이 실시한 두 차례의 개혁으로 진나라는 강력한 중앙 집권제를 갖추게 되었다. 이전 그 어느 나라에서도 볼 수 없었

『폐정전개천맥도 廢井田開阡陌圖』

한나라 때 화상석 벽화. 정전제(井田制)를 없애고 논밭 길을 새로 연다는 뜻으로 상앙의 변법 내용 중 일부를 표현했다. 상앙은 그동안 유지되던 정전제를 폐지하고 원전제(轅田制)를 도입했는데, 농업 생산성을 높이기 위해 개인이 자유롭게 토지를 소유하고 매매할 수 있게 한 제도로, 당시로서는 혁명적인 발상이었다. 한편 상앙은 상업과 수공업을 억제하는 정책을 폈는데, 그러지 않으면 사람들이 더 중요한 농업과 전쟁에 종사하지 않는다고 생각했기 때문이다.

던 엄청난 변화였다. 봉건제도 아래에서 혈연과 명분과 왕의 권위만으로 지속되어오던 국가 결속력을 강력한 법으로 대체한 것이니, 혁명이라 해도 지나치지 않았다.

이어서 상앙은 중원 진출의 교두보를 마련하기 위해 진효공에게 건의해 수도를 함양(咸陽)으로 옮겼다. 함양은 낙양으로 천도하기 전의 주나라 수도로서 호경이라 불리던 곳이었다.

상앙은 법을 모든 것의 으뜸으로 쳤다. 법을 어기는 자가 있으면 지위의 높고 낮음에 상관없이 엄벌에 처했다. 그가 얼마나 엄격히 법령을 시행했는지 보여주는 일화가 하나 있다.

상앙이 수도를 옮기려 한다는 것을 알고 세자 사(駟)가 불만을 터뜨렸다.

"나는 함양으로 가지 않겠다. 변법도 따르지 않겠다."

이 말을 들은 상앙이 말했다.

"윗사람이 새 법을 따르지 않으면 어찌 백성들이 따르겠는가? 세자가 비록 군주 자리를 이어받을 신분이라 할지라도 법을 위반하면 처벌받을 수밖에 없다."

하지만 상앙의 위세가 아무리 하늘을 찌르더라도 세자를 처벌할 수는 없었다. 그는 진효공의 재가를 받아 다음과 같이 판결했다.

"세자가 이번 죄를 지은 것은 그 스승이 잘못 가르쳤기 때문이다. 세자 대신 세자를 가르친 자들이 벌을 받아야 한다."

상앙은 세자의 두 스승 중 공자 건(虔)에게는 코를 베는 형벌을 내렸고, 공손가(公孫賈)에게는 얼굴에 먹물로 글자를 새기는 형벌을 내렸다. 상앙의 개혁을 진효공이 얼마나 지지했는지 보여주는 일화이자, 법이 얼마나 엄격히 시행되었는가를 보여주는 일화다. 세자도 법을 지키지 않으면 벌을 받을 정도니 일반 백성들은 두말할 필요조차 없었다. 감히 아무도 나서서 변법을 비판하지 못했다. 진효공은 상앙의 공적을 크게 치하했다. 그를 승진시켜 대량조(大良造)에 임명했다. 대량조는 재상에 해당되는 직위였다.

변법 시행으로 나라 안이 튼튼해지자 상앙은 남쪽의 초나라를 공격해 상(商) 땅을 빼앗고 무관(武關) 땅 밖의 600리를 점령했다. 그사이 위(魏)나라와 제(齊)나라 사이에 큰 전투가 벌어져 제나라가 이겼다. 그리해서 천하는 동쪽의 제나라, 서쪽의 진나라 2강 시대로 접어들었다. 전국시대 초기 3강이라 할 수 있던 위·제·진 가운데 위나라가 먼저 강국 대열에서 탈락

하고 두 나라가 남은 셈이었다. 상앙은 위나라로 진격해 위나라 서하(西河) 땅도 점령했다. 이때 진효공이 공로에 대한 보상으로 상 땅을 비롯한 15개 고을을 상앙에게 주었다. 그리고 상앙을 상군(商君)이라 높여 불렀다. 앞서 말했듯이 상앙이라는 이름은 여기서 유래했다.

상앙의 변법으로 진나라가 부강해지자 그 위세가 천하에 떨쳤다. 각 나라 제후들이 앞다투어 수교를 청하고 진나라에 아부하기 시작한 것이 이때부터였다. 이후 진나라는 천하를 통일할 때까지 줄곧 초강대국의 면모를 유지했다. 이 모든 것을 가능하게 한 사람이 바로 상앙이었다.

그렇지만 상앙의 마지막은 비참했다. 진효공이 재위 24년 만에 세상을 떠나자 세자 사가 즉위했다. 진혜문왕(秦惠文王)이다. 그가 누구인가? 진나라 수도 이전을 놓고 상앙에게 반대했던 인물이 아닌가? 그 일로 인해 그의 스승이던 공자 건과 공손가가 지독한 형벌을 받지 않았는가? 형편이 불리해지자 상앙은 자신의 영지인 상읍(商邑)으로 도망갔다. 그리고 스스로를 방어하기 위해 병사들을 모았다. 하지만 미처 준비가 되기도 전에 공손가가 군대를 이끌고 들이쳤다. 함양으로 압송

당한 상앙은 소가 끄는 수레에 매달려 다섯 조각으로 찢어지는 형벌을 받고 죽었다. 반란을 꾀했다는 죄목이었다.

　다시 말하지만 진나라가 후에 전국시대를 끝내고 천하를 통일할 수 있었던 것은 상앙의 개혁 덕분이었다. 그는 단순히 법령만 개정한 것이 아니었다. 군대를 재편했고 정치를 개혁했으며 사회 풍속까지 바꾸어놓았다. 심지어 그의 변법으로 인해 사람들의 도덕관, 가치관, 인생관까지 바뀌었다. 상앙의 개혁은 백성들을 생기발랄하게 만들었으며, 작은 나라를 초강대국으로 만들었다. 상앙의 변법은 인간의 지혜가 부릴 수 있는 최고의 마술이라 해도 과언이 아니다.

　상앙은 관중이 내세웠던 '존왕양이'의 명분을 '새로운 시대의 창조'라는 미래 지향적 슬로건으로 바꾼 인물이었다. 그러나 그 자신은 참혹한 죽음을 맞았다. 자신이 만든 엄한 법에 자신이 처형당한 것이다. 시대를 정확히 읽은 두 영웅, 관중과 상앙 중 관중은 말년이 편안했고 상앙은 비참했다. 이런 차이를 만들어낸 것은 아무리 보아도 하늘의 뜻이라고 할 수밖에 없다. 하늘의 뜻을 사람이 이해하기는 참으로 힘들다.

그렇다면 상앙이 죽은 후 그가 만든 변법은 폐기되었을까? 아니다. 진혜문왕은 어리석은 인물이 아니었다. 그는 인간 상앙은 미워했지만 그가 남긴 개혁은 존중했다. 그는 상앙이 죽은 후에도 변법을 거두어들이지 않았다. 여전히 서슬 시퍼렇게 법을 시행했다. 그 결과 진나라는 다른 나라들과는 비교할 수 없을 정도로 강국이 되었다. 천하 통일이 목전에 온 것 같았다. 역사가 그대로 흘렀다면 진나라의 천하 통일은 앞당겨졌을지도 모른다. 하지만 아직 때가 되지 않았다.

진소양왕과 범수, 먼 나라와 화친하고 가까운 나라를 치다

진나라는 갈수록 강력해졌다. 그러자 진나라를 두려워하던 나머지 조·위·한·제·연·초 여섯 나라가 연합해 진나라에 대적했다. 이른바 합종책(合縱策)이라는 것으로, 그 아이디어는 소진(蘇秦)이라는 인물에게서 나왔다. 그리고 여섯 나라 연합의 합종책을 깨버리는 계책이 진나라 쪽에서 나오는데 그것이 바로 장의(張儀)의 연횡책(連橫策)이었다.

진나라를 제외한 여섯 나라는 소진의 합종책을 받아들여 동맹을 맺었다. 진나라가 여섯 나라 중 한 나라를 공격하면 나머지 다섯 나라가 즉시 도와주기로 약속한 것이다. 진혜문왕은 우선 여섯 나라의 연합을 깨기 위해 노력해야 했다. 그것도 힘이 아니라 외교로 깨야 했다. 그때 장의가 나타나 연횡책을 내놓았다. 진나라가 여섯 나라와 각각 한 나라씩 우호 관계를 맺어 여섯 나라의 동맹을 자연스럽게 무너뜨리는 책략이었다. 진혜문왕은 이 계책을 받아들였다. 그리고 장의의 활약으로 여섯 나라의 합종을 깨는 데 성공했다. 상앙이 최고의 개혁가로서 진나라를 도약하게 해주었다면, 장의는 최고의 외교가로서 진나라의 지위를 튼튼하게 해주었던 셈이다.

기원전 311년 진혜문왕이 즉위 27년 만에 세상을 떠났다. 아들 탕(邊)이 왕위를 계승하니 그가 진무왕(秦武王)이다. 진무왕은 재위 4년 만에 죽고 그의 이복동생인 공자 직(稷)이 왕위에 오르는데 그가 제28대 진소양왕(秦昭襄王: 기원전 325~기원전 251)이다. 공자 직은 당시 연나라에 있었지만, 외숙부 위염(魏冄) 등 신하들의 지원으로 왕위에 오를 수 있었다. 진소양왕은 위염을 승상으로 임명해 전국시대 최고의 명장 백기(白起)를 대장군으로 임명해 조나라와 위나라, 한나라와 초나라, 제나라 군대를 연이어 격파했다. 진소양왕 즉위 후 진나라는 다시 독주 체제로 접어들었다.

한편 진소양왕은 조나라 군대 격파 후 화친을 맺으면서 세자 안국군(安國君)의 아들 이인(異人)을 조나라에 인질로 보냈다. 뒷날의 일이지만 이인은 그곳에서 아들을 얻는다. 그가 바로 난세를 끝내고 천하 통일을 이룬 진시황이다.

진소양왕은 무력으로 천하 통일을 도모했다. 하지만 알여(閼與) 전투에서 장수 호양(胡陽)이 이끌던 진나라 군대는 조나라 군대에 패했다. 무력으로 패업을 향해 가던 정책에 제동이 걸린 셈이었다. 진소양왕은 일단 주춤할 수밖에 없었다. 그때 또 한 사람의 뛰어난 인재가 진나라를 향해 발걸음을 옮기고 있었으니, 그가 바로 먼 나라와는 화친하고 가까운 나라는 치는 원교근공(遠交近攻) 정책으로 진나라 천하 통일의 마무리 수를 둔 범수(范雎)다. 진나라는 정말 하늘의 뜻을 이어받은 나라인가? 개혁가 상앙, 외교가 장의, 명장 백기 등 줄줄이 천하의 인재들이 활약해서 나라를 융성하게 하더니, 마치 마무리하듯 또 한 인재가 등장한 것이다.

범수는 위(魏)나라 사람이다. 그 또한 소진, 장의처럼 자신의 뜻을 펼치기 위해 세상을 떠돌던 인재 중 하나였다. 하지만 그는 가난해 활동할 경비가 없었다. 자신을 알아줄 제후를 만나기 위해 세상을 떠돌아다니려면 우선 여비와 숙박비가 필요했다. 게다가 제후를 직접 만나려면 그 누군가에게 다리를 놓아달라고 부탁해야 했다. 그때도 돈이 필요했다. 하지만 그는 빈털터리였다. 그래서 하는 수 없이 위나라 중대부(中大夫)인 수가(須賈)라는 사람에게 사인(舍人)으로 몸을 의탁했다. 중대부는 지금으로 치면 차관급 정도로 보면 된다. 사인이란 집안일을 돌보는 하찮은 신분으로 지금의 집사(執事)와 비슷하다. 그런데 범수에게 겨우 죽을 고비를 넘기는 사건이 벌어진다. 그리고 그 사건이 그의 발길을 진나라로 향하게 한다. 하늘의 뜻이라 하지 않을 수 없다.

당시 위나라는 위안리왕(魏安釐王)이 재위 중이었다. 위안리왕은 제나라와 화친을 위해 제나라에 사신을 보내기로 결정했다. 제나라가 제양왕(齊襄王) 즉위 이후 연나라에 빼앗겼던 임치를 비롯해 잃었던 땅들을 되찾으며 빠르게 국력을 회복하고 있었기 때문이었다. 앞선 임금 위소왕(魏昭王)이 연나라와 제나라의 싸움에서 연나라 편을 들었던 것을 사죄할 목적이었다. 그만큼 위나라의 국세는 약했다. 사신으로 수가가 임명되었고 범수도 수가를 수행해 제나라로 가게 되었다.

수가는 제양왕을 알현한 후 위안리왕의 뜻을 전했다. 그러나 제양왕은 사과하러 온 사신을 향해 오히려 화를 냈다.

"연나라가 우리 제나라 땅을 침범할 때 위나라가 연나라와 함께 우리 땅을 짓밟은 것을 생각하면 과인은 지금도 분이 풀리지 않는다. 그런데 지금 와서 화친을 하자고? 그대 나라가 진심으로 화친을 하려 한다는 것을 도대체 무엇으로 증명할 것인가? 어디 대답해보라."

사신 수가는 몸만 벌벌 떨고 있을 뿐 아무 말도 하지 못했다. 그 모습을 뒤편에서 범수가 보았다. 그는 주인이 곤경에 처하자 그를 도우려고 과감하게 앞으로 나섰다.

"전하의 말씀은 옳은 듯하지만 사실은 그렇지 못합니다. 지난날 우리 돌아가신 임금께서 연나라를 도와 제나라를 침공한 것은 그만한 이유가 있었습니다."

일개 수행원에 불과해 보이는 자가 선뜻 앞으로 나서서 말하는 것을 보고 제양왕은 호기심이 동해 어서 말해보라는 듯 고개를 끄덕였다.

"전하께서는 제민왕(齊湣王)께서 저희 위나라, 그리고 초나라와 손을 잡고 송나라를 멸한 일을 기억하십니까?"

제민왕은 제양왕 바로 앞의 왕으로서 진소양왕과 함께 천자라 자칭했던 인물이었다. 그는 진소양왕이 서제(西帝)라 칭하자 자신도 동제(東帝)라 칭했다. 물론 잠깐 동안이었고 곧 제(帝) 호칭을 거두어들이고 다시 왕이라고 했다. 그는 위나라, 초나라와 연합해서 송나라를 멸망시켰다. 범수는 그때 일을 말한 것이다. 제양왕은 느닷없이 수행원이 나서서 옛일을 들추어내자 호기심이 일었다.

"과인이 기억하지 못할 리 있는가? 어디 말해보라."

"그때 송나라가 멸망하자 제민왕께서는 위나라와 초나라에 떼어주기로 약속했던 땅을 모두 독차지했습니다. 애당초 약조를 지키지 않고 신의를 저버린 쪽은 바로 제나라입니다. 그뿐이 아닙니다. 제민왕께서는 천자 흉내를 내며 오만했습니다. 이를 보다 못한 나머지 다섯 나라가 제나라를 상대로 싸움을 벌이게 된 것입니다. 그런데도 전하께서는 우리 위나라만 잘못했다고 탓하시겠습니까?"

제양왕이 아무 말 못하고 가만히 있자 범수가 계속 말했다.

"한 가지 더 말씀드리겠습니다. 방금 전 전하께서는 우리 위나라가 진심으로 화친하려 한다는 증거를 내놓으라고 하셨습니다. 자고로 나라 간의 우호는 사신이 오가는 것으로부터 시작됩니다. 우리 위나라에서 사신을 보내어 지난 일을 사과하는 것 이상으로 확실한 증거가 어디 있겠습니까? 만일 전하께서 지난 일을 핑계 삼아 우리 사신을 계속 책망하신다면 지난날 제민왕의 잘못을 되풀이하시는 셈입니다. 저는 제나라의 앞날이 걱정됩니다."

제양왕은 범수의 일장 연설에 속으로 크게 감탄했다. 사신으로 온 수가의 사인에 불과하지만 큰 인물임을 알아보았다. 그날 밤 제양왕은 환관을 사신이 묵고 있는 곳으로 보내 범수를 만나게 했다. 환관이 말했다.

"우리 전하께서 선생의 재주를 높이 평가하고 계십니다. 선생을 객경(客卿: 다른 나라에서 와서 높은 지위에 있는 사람)으로 모시고자 하십니다. 선생, 제발 위나라로 돌아가지 마시고 이곳 임치에 머물러주십시오."

처음 본 사람에게 장관급 벼슬을 내리겠다는 말이니 제양왕도 보통 사람은 아니었다. 하지만 범수는 사신으로 왔다가 돌아가지 않고 그냥 그 나라에 머무는 것은 도리가 아니라고 생각했다. 그는 도리에 어긋나는 짓은 할 수 없다며 극구 사양했다. 제양왕이 재물과 술, 고기를 하사하며 재차 청했지만 범수는 재물을 돌려보내며 다시 사양했다. 다만 음식과 술까지 돌려보내는 것은 도리가 아닌 것 같아서 받아들였다.

수가가 음식과 술을 보고 범수에게 어찌된 일이냐고 물었다. 범수는 사실대로 말해주었다. 수가는 범수를 의심했다. 아니, 의심이라기보다는 질투를 했을 것이다. 그릇이 큰 사람은 자신을 도와준 사람에게 감사할 줄 알지만 그릇이 작은 사람은 오히려 질투를 하는 법이다. 수가가 바로 그런 사람이었다. 그는 위나라로 돌아가 위안리왕의 동생인 재상 위제(魏齊)에게 범수가 그전부터 제나라와 내통하고 있던 자라고 거짓 밀고를 했다.

범수는 아무 잘못도 없으면서 위제 앞에 불려 나왔다. 위제는 손님들과 함께 술을 마시고 있었다. 불려 온 범수가 완강하게 자신의 죄를 부인하자 모진 매질이 가해졌다. 위제는 허세가 강한 인물이었다. 범수가 변명하면 할수록 자신이 사람들 앞에서 망신을 당하는 것 같았다. 그래서 더 무섭게 매질을 명했다. 범수로서는 졸지에 변을 당한 셈이었다. 모진 매질에 범수의 등짝과 엉덩이가 찢어지고 피가 튀었다. 범수는 억울하다며 자신의 결백을 주장했다. 그러나 매질만 더 심해질 뿐이었다. 갈비뼈가 부러지고 이빨이 부러져 나갔다. 위제는 형리들에게 교대로 매질을 하게 했다. 그러던 어느 순간이었다. "악!" 하는 비명소리와 함께 범수의 몸이 축 늘어졌다. 목이 꺾인 채 꼼짝하지 않았다.

그에게 매질을 하던 형리 한 명이 자신의 손가락을 범수의 코에 대보았다. 숨을 쉬지 않았다. 그러자 그가 의제에게 말했다.

"죄인의 숨통이 끊어진 것 같습니다."

위제는 형리에게 지시했다.

"이런 자는 죽어 마땅하다. 나라의 기밀을 팔아먹다니! 그 시체를 대나무 돗자리로 싸서 뒷간 오줌통에 갖다 버려라."

형리는 분부대로 했다.

이윽고 해가 저물고 밤이 되었다. 뜰 뒤편 오줌통 밑에서 무언가 꿈틀거렸다. 범수였다. 호된 매질에 정신을 잃긴 했지만 숨이 끊어진 것은 아니었다. 게다가 오줌통에 던져진 게 오히려 정신을 차리는 데 도움이 되었다. 진정 하늘의 뜻이었다. 그는 자신의 집에 무사히 데려다주면 돈 10냥을 주겠다고 형리를 유혹했다. 형리는 돈을 주겠다는 말에 귀가 솔깃했다. 그는 위제에게 가 범수의 시체가 썩는 것 같으니 내다 버리는 게 어떻겠느냐고 말했다. 위제의 허락이 떨어지자 형리는 범수를 집으로 데리고 갔다. 집으로 돌아온 범수는 날이 밝기 무섭게 빈민굴에 사는 의형제 정안평(鄭安平)의 집으로 갔다. 범수의 아내는 정안평이 공동묘지에서 파내 온 시체를 놓고 장례를 치렀다. 위제를 완벽하게 속이기 위해서였다. 범수는 정안평의 집에서 세 달을 숨어 지냈다. 수가와 위제는 범수의 일을 완전히 잊어버렸다. 하지만 하늘은 결코 무심하지 않다! 그들은 훗날 범수에게 수모를 당한다.

몸이 나은 범수는 이름을 장록(張祿)으로 바꾸고 구자산(具茨山)에 들어가 1년 동안 열심히 유세학(遊說學)과 병학(兵學)을 공부했다. 구자산 일대 사람들은 그를 장록 선생이라 불렀다. 춘추전국시대에 유세(遊說)는 제후의 나라를 돌아다니며 자신의 생각을 펼쳐 제후를 설득하는 일을 말한다.

그러던 어느 날 진나라 사람 왕계(王稽)가 사신으로 위나라에 왔다. 범수는 어렵사리 왕계를 만났다. 왕계는 눈이 밝은 사람이었다. 그는 한눈에 범수가 비범한 인물임을 알아보았다. 그는 돌아가는 길에 범수를 진나라로 데려갔다. 왕계는 범수를 진소양왕에게 천거했지만 진소양왕은 탐탁지 않게 여기고 만나주지 않았다. 그렇게 1년의 세월이 흘렀다. 왕계가 다시 애쓴 끝에 범수는 진소양왕에게 직접 쓴 청원서를 보여주는 데 성공했다. 그리해 범수는 마침내 진소양왕을 만날 수 있게 되었다.

1년이나 기다려 어렵게 얻은 기회였다. 처음부터 강렬한 인상을 심어줄 필요가 있었다. 범수는 과감하게 충격요법을 쓰기로 했다. 진소양왕을 알현하기로 한 날 아침 일찍 범수는 왕궁으로 들어갔다. 그는 한참 별궁 앞을 서성거렸다. 이윽고 저편에서 별궁으로 행차하는 진소양왕의 행렬이 보였다. 범수는 일부러 길을 잃은 척하고 후궁들이 거처하는 궁의 문 안으로 들어갔다. 그것을 본 환관이 큰 소리로 외쳤다.

"전하의 행차시다. 여기서 감히 무얼 하고 있는 게냐. 어서 썩 나가지 못할까?"

범수는 맞받아 외쳤다.

"전하? 진나라에 무슨 왕이 있다고! 이 나라에는 오직 선태후(宣太后)와 승상 위염만이 있을 뿐이다!"

범수의 고함 소리가 왕에게도 들렸다. 왕은 범수를 불러오게 했다. 그리고 짐짓 화난 눈빛으로 범수를 쏘아보았다. 그러나 범수는 조금도 두려운 기색 없이 뒷짐을 진 채 궁전 구경을 하는 척했다. 재위 40년째에 이른 노련한 소양왕은 대뜸 범수가 비범한 인물임을 알아차렸다. 그는 화난 눈빛을 풀고 정중하게 물었다.

"그대가 혹시 장록 선생이오?"

그제야 범수도 공손한 태도로 대답했다.

"그렇습니다. 제가 바로 어제 만나 뵙기를 청했던 장록입니다."

진소양왕이 환관들에게 그를 안으로 모시라고 지시했고 잠시 후 둘은 마주 앉았다. 딴 사람들을 모두 나가라고 지시한 후 단둘이 마주한 것도 대단했는데 범수를 상석에 앉게 했으니 파격도 이만저만이 아니었다. 그러나 진짜 파격적인 일은 그다음에 벌어졌다. 진소양왕이 돌연 무릎을 꿇은 것이다.

왕이 왜 갑자기 무릎을 꿇은 것일까? 당시 진나라 왕실 사정을 알고 나면 이해가 어렵지 않다. 그 무렵 진나라는 왕의 어머니인 선태후와 외숙부인 승상 위염을 중심으로 한 외척

세력이 조정 실권을 장악하고 있었다. 이것이 진소양왕에게는 커다란 골칫거리요 숙제였다. 왕 혼자 힘으로는 그들을 내치기가 힘들었다. 아무도 그 사실을 간파하지 못했다. 그런데 느닷없이 나타난 한 선비가 그런 상황을 꿰뚫어 보고 단호하게 외친 것이다. 그것은 무엇을 뜻하는가? 외척을 물리칠 자신이 있다는 말이 아니겠는가? 진소양왕이 간절한 목소리로 입을 열었다.

"좀 더 일찍 가르침을 청했어야 하는데 과인이 어리석고 부족해서 이제야 선생에게 청함을 사과드리오. 부디 과인에게 가르침을 주시오."

범수는 노련한 사람이었다. 궁실 문밖에서 여러 환관들이 두 사람의 대화를 엿듣고 있음을 알았다. 그중에 선태후와 위염의 심복들이 끼어 있음이 분명했다. 그 일은 천천히 처리해도 늦지 않으리라.

범수는 짐짓 다른 이야기를 왕에게 했다. 하지만 진나라가 대업을 이루는 데 결정적 기여를 한 중요한 이야기였다.

"지금 진나라는 천하에서 가장 강한 나라입니다. 언제고 중원을 평정할 힘을 지니고 있습니다. 그런데도 그 뜻을 이루지 못하는 것은 신하들이 전하를 잘못 모시고 있기 때문입니다. 하지만 전하께서 쓰고 계신 방법에도 잘못된 점이 있습니다."

"그 잘못된 점이 무엇인지 듣고 싶소."

그러자 범수는 자신이 생각해왔던 바를 청산유수처럼 늘어놓았다.

"지금 승상 위염은 멀리 제나라 땅을 공격하려 한다고 알고 있습니다. 이웃 한나라와 위나라 땅을 지나야만 가능한 일이지요. 그건 좋은 방법이 아닙니다. 우선 너무 거리가 멉니다. 적은 병력으로는 제나라를 제압할 수 없고 많은 병력을 보내면 나라에 출혈이 큽니다. 설사 제나라를 제압한다 해도 얻는 것은 별로 없습니다. 만일 지기라도 하면 아주 큰 손실을 입게 됩니다."

진소양왕의 귀가 솔깃했다. 범수가 말을 계속했다.

"제가 한 가지 계책을 말씀드리겠습니다. 만일 전하께서 진정으로 패업에 뜻을 두셨다면 멀리 떨어진 나라들과는 화평 관계를 맺으십시오. 반대로 가까운 이웃 나라들은 무력으로 제압하십시오. 그래야만 작은 땅을 얻더라도 온전히 진나라 땅이 될 수 있습니다. 이렇게 하나하나 점령해 들어가면 결국 대업을 이루실 것입니다."

멀리 떨어진 나라와는 친하게 지내고 가까운 나라는 공격한다!

40여 년 후 진나라가 천하 통일을 이루는 데 결정적인 기여를 한 원교근공 정책이 범수의 입을 통해 나오는 순간이었다.

진소양왕의 얼굴이 단번에 놀람과 기쁨으로 빛났다. 이런 기인을 이제야 만나다니! 그는 자리에서 벌떡 일어났다.

"그렇다면 먼저 어느 나라와 친교하고 어느 나라를 공격하면 되겠소?"

"가장 멀리 떨어진 나라는 제나라와 초나라입니다. 그 나라들과는 친교 관계를 맺으십시오. 한나라와 위나라는 힘으로 장악하십시오. 그런 다음 조나라를 정벌하십시오. 조 나라를 점령하면 연나라가 이웃 나라가 됩니다. 그때 연나라를 공격하십시오. 그 후 마지막으로 초나라와 제나라를 공격해 멸망시키면 이 중원 땅에 오로지 진나라만 남습니다. 천하를 통일하게 되는 것입니다."

천하 통일이라! 범수의 말이 끝나자 진소양왕은 몸을 부르르 떨었다. 당장에 대업이 실현되는 것 같았다. 진소양왕은 범수의 손을 움켜쥐었다.

"하늘이 그대를 내게 보내주셨구려."

이렇게 해서 한때 오줌통에 처박혀 죽을 뻔했던 천하 기재 범수가 역사의 무대에 등장하니 기원전 268년(진소양왕 39)의 일이었다.

자고로 아무리 훌륭한 왕이라도 뛰어난 신하를 만나지 못하면 큰일을 이루지 못한다. 또한 제아무리 뛰어난 인물이라도 자신을 알아주는 주인을 만나지 못하면 그 뜻을 펼치지 못한다. 제환공과 관중의 만남이 그러했고, 진효공과 상앙의 만남이 그러했다. 그리고 이제 진소양왕이 범수를 만났다. 그 만남은 하늘의 뜻이라고밖에 할 수 없다.

그날로 진소양왕은 범수를 객경에 임명했다. 그리고 모든 군사 일을 그에게 일임했다. 왕의 전폭 신임이라는 날개를 단 범수는 본격적으로 천하 통일을 위한 정책을 펴나가기 시작했다. 그는 우선 승상 위염을 그의 영지인 도읍(陶邑)으로 내려보냈다. 그리고 왕의 외척들을 모두 내쳤다. 2년 후인 기원전 266년 범수는 승상에 올랐다. 진나라 천하를 손에 쥐게 된 것이다.

여기서 잠깐 속 시원한 이야기 하나 하고 넘어가자. 범수를 죽음 직전의 위험으로 몰고 갔던 수가와 위제 이야기다. 그들은 범수가 죽은 줄 알고 있었으니 어찌 보면 아무 죄 없는 사람을 죽인 살인자들이다. 그들이 별 탈 없이 지낸다면 범수에게도 억울하고 독자에게도 억울하다. 범수가 그때까지 장록이라는 이름을 사용한 것은 자신이 살아 있다는 사실을 알리지 않기 위해서였다.

어느 날 수가가 사자로 진나라에 왔다. 진나라가 위나라를 공격하려 하자 화친을 청하기 위해서였다. 범수는 허름한 옷을 입고 사신이 머무는 객관(客館)으로 찾아가 수가를 만났다. 죽은 줄로만 알았던 범수가 나타나자 수가는 가슴이 철렁했다. 범수는 자신이 이 집 저 집 떠돌며 간신히 살아가고 있다고 말했다. 수가는 지푸라기라도 잡는 심정으로 범수에게 장록 승상을 만나도록 주선해줄 수 있느냐고 물었다. 범수는 시치미를 뚝 떼고 자기가 지금 모시고 있는 주인이 승상과 잘 아는 사이라고 말했다. 그러고는 다음 날 승상을 만날 수 있게 되었다고 전갈을 보냈다.

그다음은 뻔하다. 진나라 승상부로 가서 엎드린 채 승상의 얼굴을 올려다본 수가가 얼마나 놀랐겠는가? 범수가 바로 장록 승상이 아닌가? 그렇다면 범수는 수가를 죽였을까? 아니다. 그에게 말여물을 먹게 하는 수모를 안겼을 뿐이다. 그러고는 위나라로 돌려보냈다. 수가를 돌려보내면서 그가 내린 명령은 단 한 가지였다.

"네 나라로 돌아가거든 위제의 목을 당장 바치라고 너희 왕에게 전해라. 만일 이행치 않으면 즉시 50만 대군을 이끌고 위나라로 쳐들어가겠다."

혼비백산한 수가는 위나라로 돌아가 위안리왕에게 범수의 요구 사항을 전했다. 위안리왕과 위제는 이복형제간이었다. 왕은 진퇴양난이었다. 동생의 목을 쳐서 진나라에 바치자니 위신이 말이 아니었고, 그렇다고 가만히 있자니 진나라가 당장 대군을 이끌고 공격해 올 것이 두려웠다. 망설일 수밖에 없었다. 그러자 위제는 그날로 승상의 직위를 내놓고 이웃 조나라로 도망가버렸다. 모두 범수가 계획한 대로였다. 자신의 목숨을 빼앗으려 한 자들에 대한 원한을 그냥 넘기지 않되, 혼만 내주고 그들의 목숨을 살려준 것이니 범수가 얼마나 큰 인물인지 잘 보여주는 일화다.

범수는 본격적으로 원교근공 정책을 펴나갔다. 먼저 원교

장평 전투

장평 전투 유적 발굴에서 나온 유골들. 이 전투에서 진나라는 45만 명 중 40만 명(또는 20만 명)을 을 포로를 잡는다. 하지만 이들을 먹일 식량이 없자 끔찍한 짓을 저지른다. 백기 장군은 조나라 포로들에게 구덩이를 파게 한 뒤 그곳에 그들을 묻어버린다. 이것은 한편으로 진나라에 맞서는 나라는 같은 꼴을 당하리라는 확실한 경고가 되어, 나머지 나라들의 사기를 꺾고 두려움에 떨게 만들었다.

정책을 추진했다. 앞서 말한 대로 그 첫 번째 대상이 동방의 강국 제나라였다. 초대강국인 진나라가 먼저 나서서 평화조약을 맺자고 하니 제나라가 마다할 리 없었다. 진나라는 제나라와 평화조약을 맺었다. 다음은 초나라였다. 당시 진나라에는 초나라 세자 웅완(雄完)과 태부 황헐(黃歇)이 인질로 잡혀 와 있었다. 진소양왕은 그들을 초나라로 돌려보내고 우호 협정을 맺었다.

두 나라와 화친을 맺은 진소양왕과 범수는 이제 근공 정책을 실행에 옮겼다. 우선 가장 약한 한나라를 공격했다. 명장 백기를 앞세운 진나라 군대는 쉽게 한나라 요충지를 점령했다. 중원으로 통하는 길을 간단히 장악한 것이다. 다음은 조나라였다. 역시 명장 백기의 지휘 아래 진나라 군대는 유명한 장평(長平) 전투에서 조괄(趙括)이 지휘하는 조나라 군대를 섬멸했다. 조나라는 45만 명의 군사를 잃고 단숨에 국력이 기울었다. 진시황이 천하를 통일하기 39년 전인 기원전 260년의 일이었다. 진소양왕은 조나라 수도 한단(邯鄲)을 포위, 공략했다.

하지만 여전히 때가 되지 않았을까! 위나라가 10만 대군을 이끌고 조나라를 돕기 위해 나서고, 초나라 군사 8만 명이 함께 북진했다. 그리고 무엇보다 명장 백기가 세상을 떠났다. 결국 진나라는 20만 대군 중 7만 군사를 잃고 후퇴했다. 한단 공격 3년 만의 일이었다.

진소양왕의 조나라 공략은 실패로 돌아가고 말았다. 범수가 진나라의 승상이 된 이래 최초의 좌절이었다. 하지만 진나라의 위세가 꺾인 것은 아니었다. 잠시 천하 통일이 미루어졌을 뿐이었다. 한단 전투 이후에도 천하 모든 나라들이 진나라를 두려워했다.

얼마 후 범수는 진소양왕에게 건의했다.

"이제 더 이상 주나라가 천하의 주인이 아닙니다. 기회는 기다리는 것이 아니라 만드는 것입니다. 주나라 왕실을 굴복시키고 낙양을 전하의 영토로 접수하십시오."

이름뿐이었지만 그래도 천자 나라 예우를 받던 주나라였다. 아무도 낙양만큼은 공격하지 않았다. 그런데 범수는 이제 주 왕실을 칠 때가 되었다고 말하는 것이다. 진소양왕은 범수의 건의를 받아들여 이듬해 낙양으로 쳐들어갔다. 당시 주나라 왕은 주난왕(周赧王)이었다. 진소양왕은 손쉽게 낙양을 점령하고 주난왕을 주공(周公)에 임명했다. 졸지에 천자의 신분에서 남을 섬기는 신하의 신분이 된 것이다. 이로써 이름으로나마 존재해오던 주나라는 완전히 멸망했다. 기원전 256년이었다. 진소양왕이 주나라를 멸망시키자 모든 나라가 앞다투어 진나라에 인질을 보내어 자국의 안전을 도모했다. 천자라고 공식 선포하지 않았을 뿐 진소양왕이 천자 노릇을 한 셈이었다. 진시황이 천하를 통일할 기틀은 이미 이때 다 마련되었다고 보아도 된다.

천하 열국의 사신들이 분주하게 함양성을 들락거리는 광경을 본 범수는 뿌듯했다. 함양이 천하의 중심이 된 것이다. 그리고 그 공은 거의 모두 범수에게 있었다. 하지만 범수의 마음 한구석에 큰 걱정이 있었다. 과연 진소양왕이 천하 통일의 대업을 이룰 것인가? 만일 진소양왕이 대업을 이루지 못하고 훗날로 미루어진다면 자신의 운명은 어찌될 것인가? 자신은 과연 역사에 어떤 인물로 남을 것인가?

범수가 그런 고민에 빠져 있을 때 채택(蔡澤)이라는 인물을 만난다. 채택은 자신의 뜻을 펴기 위해 세상을 유랑하던 유세가(遊說家)였다. 야심도 있었고 능력도 상당히 있었다. 채택은 어렵게 계책을 써서 범수와 단둘이 만나는 데 성공했다.

채택이 단도직입으로 범수에게 물었다.

"승상께서는 성공한 사람이 되기를 원하십니까, 아니면 실패한 사람이 되기를 원하십니까?"

"그야 당연히 성공한 사람이지."

"그렇다면 묻겠습니다. 지난날 진나라 상앙은 평생 큰 공을 이룩했습니다. 그러나 그는 비참한 최후를 맞이했습니다. 그 후손마저 끊어졌습니다. 그는 성공한 사람입니까, 실패한 사람입니까?"

범수는 속으로 깜짝 놀랐다. 이자가 어찌 내 속을 읽을 줄 안단 말인가? 범수는 일부러 속에 없는 말을 했다.

"비록 비참한 죽음을 맞이했지만 그가 이룬 공을 어찌 잊을 수 있겠는가? 그의 이름은 후세에 길이 남을 것이네. 그만하면 한 세상에 태어나 성공한 삶을 살았다고 할 수 있지 않겠는가?"

"승상, 어찌 저를 속이려 하십니까? 그렇다면 여쭙겠습니까? 상앙이 그처럼 비명횡사하기를 원했을까요, 아니면 관중처럼 천수를 다하기를 원했을까요? 당연히 천수를 누리기를 원했을 것입니다. 승상께서도 이런 말이 있음을 잘 알고 계실 것입니다. '공명을 이루고 이름까지 빛낸 인물이라면 최상의 인물이요, 공명을 이루었으되 이름에 오점을 남긴 인물이라면 중간 정도 인물이며, 공명도 이루지 못하고 이름마저 더럽혔다면 가장 하급 인물이다.' 그렇다면 공명을 이루었다고 해서 반드시 성공한 상급의 삶을 살았다고 볼 수는 없는 것 아니겠습니까?"

범수는 채택의 말을 듣고 얼굴이 환해졌다. 아, 하늘이 내게 물러날 기회를 주시려고 채택을 내게 보내셨구나!

범수는 채택을 뛰어난 인재라며 진소양왕에게 천거했다. 진소양왕은 채택과 이야기를 나눈 후 그의 말솜씨에 반했다. 소양왕은 채택을 객경에 임명했다. 그러자 범수는 자신이 승상 자리에서 물러나게 해줄 것을 왕에게 청했다. 왕이 쉽게 허락할 리 없었다. 그러자 범수는 병을 핑계로 자리에 누웠다. 병까지 칭하며 물러나겠다는 데는 진소양왕도 도리가 없었다. 그는 범수의 은퇴를 허락하고 채택을 승상으로 삼았다. 그 후 범수는 자신의 영지인 응읍(應邑)으로 내려가 편안한 여생을 마쳤다.

물론 채택은 자신의 출세를 위해 꾀를 낸 것이었다. 그는 범수의 속마음을 정확히 꿰뚫고 그가 스스로 물러나게 만들었다. 그리고 그 자리를 차지했다. 범수라고 채택의 속을 몰랐을까? 물론 알았을 것이다. 하지만 범수는 선선히 그 꾀에 넘어갔다. 그리고 채택의 꾀를 자신이 자연스럽게 물러나는 데 이용했다. 덕분에 그는 자신의 이름을 더럽히지 않고 편안한 여생을 보낼 수 있었다. 그러니 채택과 범수 중 누가 더 상수(上手)일까?

범수가 승상에서 물러난 지 몇 년 후 진소양왕도 70세를 일기로 세상을 떠났다. 기원전 251년으로 진소양왕 재위 56년만이고 진시황이 천하 통일의 위업을 이루기 30년 전이다. 그는 천하의 굴복을 얻어내기는 했지만 천하를 통합하지는 못했다. 진소양왕에게 하늘이 부여한 운명은 거기까지였던 것일까?

여불위와 진시황

이제부터 천하 통일의 위업을 이룬 진시황 이야기를 시작한다. 진소양왕이 죽자 세자 안국군이 뒤를 이어 왕위에 오른다. 그가 진효문왕(秦孝文王)이다. 그러나 그는 왕위에 오른 지 사흘 만에 세상을 떠나고 그의 아들 이인이 왕위에 오르는데, 진장양왕(秦莊襄王)이다. 하지만 그는 재위 3년째부터 시름시름 앓다가 4년째에 죽는다. 이어서 세자 정(政)이 왕위에 오르니 그가 바로 진시황제(秦始皇帝: 기원전 259~기원전 210)다.

겉으로 보면 별로 이상한 게 없다. 하지만 장양왕의 아들 정이 진나라 왕에 오르기까지는 많은 사연이 있다. 그 사연을 알아보려면 이야기를 좀 앞당겨야 한다.

아마 안국군과 이인이라는 이름이 낯익게 여겨질 것이다. 진소양왕이 아직 범수를 만나기 전, 그러니까 단순히 무력으로 천하를 제압하려던 시절 이야기에서 이미 두 사람의 이름을 언급했다. 소양왕은 조나라를 공격하다가 화친을 맺으면서 안국군의 둘째 아들 이인을 화친의 증거로 조나라에 보냈다. 그리고 이인은 그곳에서 아들을 얻는데 그가 바로 진시황이다. 그런데 알다시피 나중에 진소양왕은 조나라와 전쟁을 벌인다. 장평 전투에서 조나라 군사 45만 명을 몰살시켰으며 수도 한단을 포위, 공격하기도 했다. 그렇다면 조나라에 인질로 있던 이인은 어떻게 진나라의 왕위를 이어받을 수 있었을까? 더욱이 그는 안국군의 둘째 아들이 아닌가? 그 사연을 알아보자.

조나라 수도 한단은 진나라 수도 함양과 함께 전국시대 상업의 중심지였다. 정치적으로는 진나라 수도인 함양이 중심지였지만 상업의 중심지는 사실상 한단이었다고 하는 것이 옳다. 전국 각지에서 내로라하는 상인들이 거부가 되려는 꿈을 안고 한단으로 몰려들었다.

진소양왕 46년인 기원전 261년, 상인들의 꿈의 도시 한단 땅에 한 사내가 나타났다. 장평 전투가 일어나기 1년 전의 일이었다. 우람한 몸집을 한 젊은이였다. 그는 골동품, 그릇, 술잔 등을 사고파는 상인이었다. 그는 천하제일의 거부가 되는 것이 꿈이었고 어느 정도 그 꿈을 이룬 부자였다. 비록 상인이었지만 그의 눈에는 범상치 않은 야심이 엿보였다. 그의 이름은 여불위(呂不韋: ?~기원전 235)였다.

여불위의 고향은 조나라 땅 양적(陽翟)이었다. 그는 장사를 하려고 매년 한단에 들렀고 그곳에 집도 마련해놓았다. 어느 날 그는 사람들이 북적거리는 시장통에서 한 젊은 사내와 부딪쳤다. 분명히 신분은 높은 듯했지만 왠지 처지가 안 좋아 보였다. 하지만 한눈에도 귀인임을 알아볼 수 있었다.

여불위는 호기심이 많은 사람이었다. 그는 그 젊은이의 뒤를 밟았다. 젊은이는 비록 낡기는 했지만 커다란 저택 안으로 들어갔다. 더욱 궁금해진 여불위는 지나가는 노인을 붙잡고 저 집에 사는 사람이 누구냐고 물었다.

"진나라 왕손 이인이 사는 집이라오. 할아버지는 천하를 호령하는 진나라 왕이고 아버지 안국군은 진나라 세자인데, 정작 저이는 여기 인질로 잡혀 있다오……."

여불위는 두 눈이 번쩍 뜨였다.

'뭐야, 진나라 왕의 손자이며 세자의 아들인 사람이 한단 땅에 인질로 잡혀 있어?'

진나라 왕이란 천하를 호령하던 진소양왕을 말한다. 안국 군은 진소양왕의 둘째 아들로서 본래 세자가 아니었다. 하지 만 세자였던 안국군의 형이 일찍 죽자 진소양왕은 그를 세자 로 삼아 후계자 수업을 시키고 있었다. 하지만 안국군의 아들 이인은 여전히 인질로 조나라에 머물고 있었다. 처음 인질로 왔을 때는 소년이었지만 어느덧 청년이 되어 있었다.

당시 왕족을 다른 나라에 인질로 보내는 것은 일종의 관행 이었다. 싸움에 진 다음에는 어김없이 왕족을 상대방 나라에 인질로 보냈다. 굳이 그런 경우가 아니라도 두 나라 사이의 화 친을 보증하기 위해 서로 인질을 보내기도 했다. 진소양왕이 이인을 조나라에 인질로 보낸 것은 조나라를 일단 안심시키 고 훗날을 도모하기 위해서였다. 더욱이 이인은 안국군의 둘 째 아들이었지만 어머니가 천한 신분의 여자였다. 진소양왕으로서는 손해 볼 것 없는 거래였다. 조나라가 감격해서 안심하고 있는 동안 위나라와 한나라를 공격하기 위해 이인을 인질로 보낸 것이었다.

당시 이인은 궁핍하게 지내고 있었다. 또한 감시도 엄했다. 범수가 승상에 오른 뒤 진나라가 근공 정책을 펼치고 있을 때였다. 진나라와 조나라 사이에 전운이 감돌고 있었으니 인질에 대한 대접이 각박할 수밖에 없었다.

시장에서 우연히 부딪친 젊은이가 진나라 세자의 둘째 아들이라는 것을 알게 된 여불위의 머리가 번개처럼 돌아갔다. 여불위는 계산이 빠른 유능한 사업가였다. 게다가 야망이 컸다. 그는 자신도 모르게 중얼거렸다.

"천하의 귀한 보배를 만난 셈이야. 아무리 비싸더라도 사둘 만하지 않은가!"

과연 장사꾼다운 발상이었고 그가 얼마나 뛰어난 안목을 지녔는가를 증명해주는 발상이었다. 훌륭한 상인이란 보통 사람 눈에는 하찮게 보이는 보물을 알아보는 눈을 가진 사람 아닌가! 여불위는 일생일대의 큰 투자를 하기로 마음먹었다.

여불위와 『여씨춘추 呂氏春秋』

여불위의 초상과 한나라 시대 정치가이자 사상가인 고유(高誘)가 주석을 단 『여씨춘추』. 여불위는 인재를 알아보는 안목이 뛰어났을 뿐 아니라 그런 사람들에게 아낌없이 투자했다. 그래서 많은 학자와 선비, 지식인을 돌보고 후원했는데 그의 집에는 무려 3,000명의 식객(食客)이 머물렀다고 한다. 나중에 진나라 승상이 되는 이사(李斯)도 그중 한 사람이었다. 여불위는 이런 수많은 지식인과 학자를 동원해 춘추전국시대 제자백가(諸子百家)의 모든 사상을 절충·통합한 일종의 백과사전인 『여씨춘추』를 펴냈다. 책이 완성되자 여불위는 이렇게 호언장담했다고 한다. "이 책에서 한 글자라도 빼거나 더할 수 있는 사람에게는 천금을 주겠다." 여기서 '일자천금(一字千金)'이라는 고사성어가 나왔다.

다음 날 밤 여불위는 100냥의 황금과 함께 진귀한 물건들을 들고 이인의 집으로 찾아갔다. 그는 선물을 바치고 이름을 밝힌 뒤 장사꾼답게 단도직입으로 말했다.

　　"저는 여러 나라를 돌아다니며 물건을 사고파는 상인입니다. 제가 이번에 천하에 보기 드문 보물을 발견했습니다. 저는 그것을 사러 왔습니다."

　　"내게 보물을 사러 왔다니? 내게는 그런 것 없소."

　　"그렇지 않습니다. 제 앞에 계신 공자가 바로 보물입니다."

　　"……?"

　　"저는 장차 제 집에 아주 커다란 대문을 세울 예정입니다. 그 문을 통해 천하 사람들이 제 집을 드나들게 만들 것입니다. 공자께서 저를 도와주실 수 있겠습니까?"

　　'조나라 조정의 감시를 받으며 어렵게 살고 있는 처지인데 큰 대문을 세우는 걸 도와달라? 돈 많은 이 사람이 나를 도와주면 모를까, 궁핍한 내가 어떻게 도울 수 있단 말인가? 이자가 나를 놀리는구나.'

　　이인은 버럭 화를 냈다.

　　"실없는 소리 마시오. 내가 어렵게 지낸다고 나를 놀리는 것이오?"

여불위가 무릎을 가까이하며 말했다.

"제가 어찌 공자를 놀리겠습니까? 제 집은 공자의 집이 커져야 함께 커질 수 있다는 말씀을 드린 겁니다. 공자의 운명을 제게 맡기지 않으시겠습니까? 제가 공자께 천하에서 제일가는 대문을 세워드리겠습니다."

"……!"

여불위는 목소리를 한껏 낮추었다.

"공자, 공자의 부친 안국군께서는 진나라 세자이십니다. 지금 왕이 돌아가시면 공자의 부친께서 진나라 왕이 되시는 거지요. 부친께서 왕위에 오르고 나면 어떻게 하실까요? 바로 후계자를 정하실 겁니다. 그런데 부친의 정실이신 화양부인(華陽夫人)께는 아들이 없습니다. 후궁 출신의 아들들만 20명이 있을 뿐입니다. 물론 공자께서는 그중 한 분이시지요."

이인이 침을 꿀꺽 삼켰다.

"부친께서 후계자를 정하실 때 가장 큰 영향력을 발휘할 사람은 바로 화양부인이십니다. 화양부인의 눈에 들어 그분의 양자로 들어갈 수 있다면 부친의 뒤를 이을 수 있습니다. 어떻습니까?"

이인은 반신반의했다. 말이야 좋지만 도대체 어떻게 화양부인의 마음을 사로잡을 수 있단 말인가? 더욱이 이렇게 인질로 잡혀 있는 몸인데 무슨 수로 조나라에서 벗어날 수 있단 말인가?

하지만 이인은 밑져야 본전이라는 생각이 들었다. 비록 왕위에 오르지 못한다 할지라도, 이곳에서 벗어날 수 있는 길은 열릴 수 있지 않을까?

마침내 이인이 말했다.

"좋소. 난 그대가 어떻게 하려는 건지는 모르겠소. 하지만 그대가 정말 나를 귀한 몸으로 만들어준다면 평생 그 은혜를 잊지 않겠소."

마침내 거래가 성사되었다. 여불위는 품에서 거금 500냥을 내놓았다.

"공자께서는 이 돈으로 많은 사람들을 대접하고 환심을 사놓으십시오. 훗날 한단을 탈출할 때 큰 도움을 줄 것입니다."

말을 마친 여불위는 곧바로 사라졌다.

여불위는 그 길로 함양으로 달려갔다. 우선 화양부인의 언니를 찾아가 이인 공자의 심부름으로 한단에서 온 사람이라고 통보를 넣었다. 그리고 이인 공자가 보낸 선물이라며 진귀한 패물들을 함께 들여보냈다. 패물함을 열어본 화양부인의 언니는 눈이 휘둥그레졌다. 지금껏 한 번도 본 적 없는 진귀한 보석으로 된 목걸이와 귀걸이가 들어 있었던 것이다. 화양부인의 언니는 여불위를 안으로 들라 했다.

여불위가 안으로 들어와 부인과 마주 앉자 부인이 이인 공자의 선물을 잘 받았다며 그가 한단에서 잘 지내고 있느냐고 물었다. 여불위가 기다리던 질문이었다.

"잘 지낸다고 말씀드리고 싶지만…… 멀리 타국에 계신 데다 요즘 진나라와 조나라 사이까지 좋지 않으니 매일 조마조마하며 지내시지요. 목숨까지 위협받고 계십니다. 다행히 조나라 신하들과 백성들이 공자의 인품을 존경하고 아끼는 덕분에 위험을 모면하고 있을 뿐입니다."

"그런 처지에 어떻게 이런 패물을 보낸 거지요?"

"이인 공자의 효성은 한단 땅에서도 소문이 자자합니다. 식사 때마다 먼저 안국군과 화양부인 두 분을 생각하며 '아버님

어머님께서도 맛있게 드십시오'라고 기원한 후 젓가락을 드십니다. 그뿐이 아닙니다. 한 달에 두 번 날을 정해 목욕재계한 후 향을 사르며 부모님 만수무강을 기원하시지요. 그 소문이 한단성에 쫙 퍼져 백성들의 존경을 한 몸에 받고 계십니다. 뿐만 아니라 돈 많은 상인들은 존경의 표시로 온갖 귀한 물건들을 수시로 갖다 바칩니다. 공자는 그 물건들을 모두 가난한 사람들에게 나누어주시니 정말 어진 분이십니다. 그런데 이번에 마침 정말 귀한 패물을 얻게 되었습니다. 어떤 부자가 공자를 존경해 갖다 바친 거지요. 그러자 공자는 친어머니와 다름없는 화양부인 생각이 나신다며 이렇게 저를 통해 화양부인과 마님께 선물을 보내신 것입니다."

여불위의 말을 들은 화양부인의 언니는 감격했다. 그녀는 얼른 궁으로 들어가 이인 공자가 얼마나 효자인지 화양부인에게 전하고 싶었다.

그녀는 다음 날 여불위가 가져온 진귀한 보물을 가지고 화양부인을 만났다. 그리고 이인이 효자라는 말을 전했다.

그다음 일은 일사천리였다. 여불위는 화양부인의 언니에게 수시로 드나들며 그녀의 마음을 한껏 사로잡았고 그 뜻은 곧

바로 화양부인에게 전해졌다. 화양부인은 언니의 설득에 넘어가 이인을 양자로 삼기로 결심했다. 사실은 여불위의 설득에 넘어간 셈이었다. 화양부인은 남편 안국군을 졸라 드디어 "이인을 후사(後嗣: 대를 잇는 자식)로 삼는다"는 글을 받아내는 데 성공했다. 안국군의 약속을 받아낸 화양부인은 직접 여불위를 불러 만났다. 그 자리에서 화양부인은 여불위에게 이인 공자를 재주껏 한단에서 빼내 오라고 당부했다.

여불위는 한단으로 돌아가 이인을 만나 그가 안국군의 후사가 되었다는 소식을 전했다. 세자인 부친의 후계자라니! 이인은 자기 귀를 의심했다. 그는 새삼스런 눈길로 눈앞의 인물을 바라보았다. 도저히 불가능하리라고 여겨졌던 일을 해낸 그가 내심 두렵기까지 했다.

여불위가 돌아온 후 이인의 생활이 달라졌다. 언젠가는 진나라의 왕이 될 신분으로 바뀌었으니 대접이 달라질 만도 했다. 본국에서 정기적으로 보내오는 생활비로 넉넉하게 지낼 수 있었으며 여러 나라의 사신들과 선비들이 수시로 그의 저택을 방문했다.

이인은 여불위의 건의에 따라 이름도 자초(子楚)로 바꾸었다. 초나라 출신인 화양부인의 아들이라는 뜻이다. 화양부인의 신임에 못을 박기 위한 조치였으니 여불위는 그만큼 빈틈이 없었다. 지금부터는 그의 이름을 자초라 부르기로 한다.

이제 기회를 잡아 본국으로 돌아가기만 하면 되었다. 하지만 진나라의 위엄이 날이 갈수록 커지는 마당에 조나라가 자초를 순순히 보내줄 리 만무했다. 자초를 인질로 잡고 있는 한 진나라가 한단을 함부로 공격하지는 못하리라! 감시의 눈길은 한결 삼엄해졌다. 자초는 한단성 밖으로는 한 걸음도 나갈 수 없었다. 여불위와 자초는 기회를 노리며 소일할 수밖에 없었다. 그러는 사이 한 가지 사건이 벌어졌다.

당시 여불위에게는 아름다운 아내가 있었다. 한단성에 사는 조나라 상인의 딸로서 이름이 조희(趙姬)였다. 천하일색이었다. 하루는 자초가 여불위의 집에 놀러 왔다. 술이 거나해지자 흥이 난 여불위는 아내 조희를 불러 춤추게 했다. 그런데 그것이 문제였다. 자초가 그만 그녀에게 반한 것이다. 술이 거나하게 취한 자초는 여불위에게 그녀를 자신에게 달라는 무리한 부탁을 했다. 여불위가 화를 내며 거절한 것은 물론이다. 그뿐이 아니었다. 그는 상을 뒤집어엎으며 욕설까지 퍼부어댔다.

하지만 여불위는 역시 여불위였다. 다음 날 술에서 깨어 가만 생각해보니 큰일을 저지른 셈이었다. 도대체 자초가 누구인가? 훗날 진나라 왕이 될 인물 아닌가? 보잘것없던 인물을 자신이 그렇게 귀한 보물로 만들어놓았는데 자칫 잘못하면 다 된 밥에 재를 뿌리게 될지도 몰랐다. 그는 내친김에 아내까지 투자하기로 마음먹었다. '기왕 이렇게 된 것, 자초를 완전히 내 사람으로 만들어버리는 거야!'

여불위는 조희를 불러 사실대로 말했다. 조희는 영리한 여자였다. 그녀는 여불위의 뜻을 받아들였다. 다음 날 저녁이었다. 여불위는 조희를 곱게 단장시킨 후 수레에 태워 자초의 저택으로 향했다. 그리고 그날 저녁 자초의 저택에서는 커다란 잔치가 벌어졌다. 혼례 잔치였다. 여불위인들 어찌 착잡하지 않았을까. 그날 그는 대취해서 집으로 돌아왔다. 그리고 엉엉 울다가 바보처럼 웃다가 하다 잠이 들었다.

자초는 조희를 끔찍이 아끼고 사랑해서 한시도 그 곁에서 떨어지지 않았다. 그렇게 한 달 정도 지났을 때 조희가 얼굴을 붉히며 자신의 배에 아기가 들어섰음을 자초에게 알렸다. 자초가 이루 말할 수 없이 기뻐했음은 물론이다.

그러는 중 진나라와 조나라 사이에 전쟁이 벌어졌다. 당연히 자초에 대한 감시가 한층 강화되었다. 이어서 조나라 군대가 명장 백기가 이끄는 진나라 군대에 패해 45만 명이 몰사하는 장평 전투가 있었다. 장평 전투 이후 자초는 문밖출입마저 금지당했다. 그러나 자초는 어떤 어려움이든 이겨내며 지낼 수 있었다. 조희의 배 속에 들어 있는 아기 덕분이었다. 이윽고 조희가 사내아이를 낳았다. 아기가 태어나는 순간, 새들이 집 안마당 가득 날아들었다. 마치 아기의 탄생을 축하하는 것 같았다. 옥동자라는 이야기를 들은 자초는 얼른 방으로 뛰어들어가 아기를 보았다. 코가 크고 눈이 유난히 길었으며 벌써 이가 서너 개 나 있었고 목덜미에서 등줄기까지 비늘 같은 것이 달려 있었다. 울음소리가 어찌나 큰지 인근 동네까지 다 들릴 정도였다. 기원전 259년 정월 초하루 아침이었다.

자초는 아기가 비범하다는 것을 단번에 알 수 있었다. 그는 그 자리에서 아이 이름을 다스릴 정(政)으로 정하고 이 아이를 천하를 다스릴 인물로 키우리라 결심했다. 그날로부터 정확히 40년 후 천하를 통일하고 550여 년간 이어져온 난세를 끝낼 진시황은 이렇게 해서 태어난 것이다.

　진시황은 여불위의 아내였다가 자초의 아내가 된 조희에게서 태어났다. 그래서 그의 친아버지가 누구인가를 놓고 의견이 분분하다. 그리고 그의 친아버지가 자초가 아니라 여불위라고 믿는 사람들이 더 많다. 정황상 그럴 소지가 다분하다. 여불위가 진시황의 진짜 아버지라고 생각하는 사람들은 조희가 자초와 혼인할 때 이미 그녀가 임신 중이었다고 주장한다. 물론 여불위도 이 사실을 알고 있었다는 것이다. 여불위가 사랑하는 아내를 자초에게 선선히 보낸 것은 자신의 친아들을 왕으로 만들겠다는 야심 때문이었다고 보는 셈이다. 여불위라는 인물이라면 능히 그럴 만하고 아귀가 척척 들어맞는다.

　문제는 진시황의 출생 날짜다. 진시황은 자초와 조희가 맺어진 지 10개월 만에 태어났다. 지극히 정상이다. 진시황을 여불위의 아들이라고 믿는 사람들은 자초와 혼인 당시 조희가 이미 임신 3개월째였다고 말한다. 그런데 하늘의 도움으로 진시황이 12개월 만에 태어나는 바람에 자초가 자신의 아들임을 추호도 의심하지 않았다는 것이다. 글쎄, 태어날 때 이미 이가 나 있었고 목덜미에서 등줄기로 비늘 같은 것이 달려 있던 진시황이었으니 그런 일이 가능했을지도 모르겠다. 판단은 각자의 몫이다.

진시황, 천하 통일의 대업을 이루다

진나라의 한단 공격이 3년째로 접어든 어느 날 여불위는 자초를 탈출시키는 데 성공했다. 자초를 지키던 사람들을 황금으로 매수한 덕분이었다. 한단에 남아 있던 자초의 아들 정은 조희와 함께 6년 뒤 함양으로 왔다.

진소양왕이 죽자 안국군이 즉위했다. 그가 진효문왕(進孝文王)이다. 하지만 그는 즉위 사흘 만에 피를 토하고 죽었다. 여불위가 독살한 것이었다. 이어서 세자 자초가 왕위에 올랐다. 그가 진장양왕(秦莊襄王)이다. 자초의 아내 조희는 왕후가 되었으며, 여불위는 얼마 안 있어 승상으로 있던 채택을 몰아내고 그 자리를 차지했다. 앞에서 보았듯이 채택은 진소양왕 때 범수의 천거로 승상이 되었던 사람이다. 이제 여불위의 권세는 하늘을 찌를 듯했다.

즉위 4년 만에 진장양왕이 죽자 세자 정에게 왕위가 돌아갔다. 기원전 247년의 일로서 정의 나이 13세 되던 해였다. 이후 7년간 승상인 여불위가 모든 국정을 도맡아했다.

훗날 진시황이라 불릴 진왕(秦王) 정이 20세 되던 해에 그의 동생 장안군(長安君)과 장군 번어기(樊於期)가 반란을 일으켰다. 번어기는 민심을 동요시키기 위해 진왕 정의 진짜 아버지는 여불위라는 격문(檄文)을 만들어 널리 뿌렸다. 격문은 지금식으로 말하면 선전·선동용 전단(삐라)이다. 진시황이 여불위의 자식이라는 이야기가 지금까지 전해오는 계기가 된 것이다. 그들의 반란은 곧 진압되어 장안군은 죽고 번어기는 도망갔다.

진왕 정이 22세 되던 해에 또 한 번 반란이 일어났다. 노애(嫪毐)라는 자의 난이었다. 노애는 여불위가 왕의 어머니인 조태후(趙太后: 조희)에게 소개해준 가짜 환관으로, 조태후와 정을 통했다가 들키자 난을 일으켰던 것이다. 진왕은 직접 장군 환의(桓齮)에게 명해 반란을 진압했다.

나라가 어수선한 것이 모두 승상 여불위와 관련되어 있음을 안 진왕 정은 여불위의 관직을 박탈하고 그의 영지인 하남(河南)으로 내쫓았다. 그래도 여불위 주위에 많은 사람이 드나들자 불안해진 진왕은 그를 촉(蜀) 땅으로 유배 보내겠다는 친서를 내렸다. 이에 여불위는 자신이 막다른 궁지에 몰렸음을 깨닫고 절망해 독을 마시고 스스로 목숨을 끊었다. 노애의 난이 일어나고 3년 후인 기원전 235년으로, 진왕 정이 왕위에 오른 지 12년째이자 천하 통일을 이루기 14년 전의 일이었다.

여불위를 제거하고 나자 진왕 정에게는 두려울 것이 없었다. 이제 천하 통일의 대업을 이룰 때가, 진정으로 자신의 진가를 발휘될 때가 온 것이다. 여기서부터는 그를 '진시황'이라 부르기로 한다. 사실 진시황이란 호칭은 훗날 그가 천하를 통일한 후 스스로 붙인 것이다. 그래도 '진왕 정'은 왠지 우리에게 낯설다. 진시황과는 다른 사람처럼 느껴진다. 진시황이라고 부르는 것이 한결 피부에 와닿는다.

여불위를 제거한 진시황은 여불위 곁에 붙어서 지내던 식객들을 모두 몰아냈다. 여불위에게 잘 보여 벼슬자리라도 얻으려던 유세객(遊說客)들이 대부분이었다. 또한 그의 천거로 벼슬을 하던 자들도 모두 쫓아냈다. 진시황이 아직 어려서 힘이 없던 시절, 가슴속 깊이 품어두었던 계획이었다.

그렇게 쫓겨난 여불위의 식객 중에 이사(李斯)라는 사람이 있었다. 그는 성악설(性惡說)로 유명한 순자(荀子)의 제자로, 초나라 출신이었다. 하지만 초나라 왕이 섬길 만한 인물이 아님을 알고는 여러 나라를 떠돈 끝에 진나라 수도 함양에 와서 여불위에게 몸을 맡겼다. 진장양왕이 죽고 진시황이 왕위에 오르자 이사는 승상 여불위의 가신(家臣)이 되어 그의 정책을 도왔다. 여불위가 무소불위의 권력을 휘두를 때도 진나라의 국세가 유지된 것은 이사의 힘이 컸다.

진시황의 추방령으로 진나라에서 쫓겨나게 된 이사는 마땅히 갈 곳이 없었다. 그보다는 억울했다. 쫓겨나는 것도 억울했지만 자신의 능력을 십분 발휘할 수 있는 곳에서 쫓겨난다는 것이 더 억울했다. 그는 용기를 냈다. 그는 객점에 머물며 진시황에게 표(表: 자신의 생각을 적어 왕에게 올리는 글)를 올렸다. 그 내용이 비범했다.

옛날 진목공은 백리해와 건숙의 도움으로 진나라 터전을 이룩했습니다. 진효공이 진나라 국법을 세울 수 있었던 것도 상앙의 변법 덕분입니다. 진혜문왕은 장의의 연횡책으로 소진의 합종책을 깨뜨릴 수 있었으며, 진소양왕은 범수의 도움으로 원교근공 정책을 펼쳐서 다른 제후들을 제압할 수 있었습니다. 그런데 이들은 모두 타국 사람들입니다.

제가 듣기로, 태산이 그 높이를 이루게 된 것은 한 줌의 흙도 거부하지 않고 다 받아들였기 때문이며, 바다는 아무리 조그만 시냇물이라도 다 받아들이기에 그 깊이를 이룬다고 합니다.

그런데 천하 통일의 큰 뜻을 품으신 전하께서는 어찌하여 타국 사람들을 국경 밖으로 내모십니까? 전하께서는 진정으로 천하를 통일할 뜻을 가지고 계신 것입니까? 그 많은 인재들이 다른 나라로 가서 계책을 내면 어쩌려고 하십니까? 지금 이들을 놓친다면 전하께서는 인재를 구하고 싶어도 구하지 못하게 되실 것입니다.

이사의 표를 보고 진시황은 홀연 깨닫는 게 있었다. 모든 사람들을 일거에 내쫓은 것을 후회했다. 이사가 큰 뜻을 품은 인물임을 안 그는 이사를 데려오라고 황급히 명령했다. 이때부터 이사는 여불위를 대신해서 진나라의 모든 정책을 관장하게 되었다. 천하 통일의 마무리 단계에서 진나라에 또 한 사람의 인재가 등장하는 순간이었다.

진시황은 곧 여섯 나라 정복에 착수했다. 그 모든 작전을 주도한 이는 이사였다. 이사는 범수의 원교근공 정책을 그대로 채용했다.

전국칠웅 중 제일 먼저 망한 나라는 한(韓)나라였다. 진나라와 국경을 접한 데다 가장 약했기 때문이었다. 한나라는 변변히 저항 한 번 하지 못하고 역사의 무대에서 사라졌다. 진시황이 왕위에 오른 지 17년 만인 기원전 230년의 일이었다. 진시황은 한나라 영토를 진나라 땅으로 흡수하고 그 일대를 영천군(潁川郡)으로 삼았다. 한나라를 멸한 후 진시황은 위료(尉繚)라는 인재를 얻어 지금의 국방부 장관인 국위(國尉)로 삼았다. 호랑이 등에 날개를 단 격이었다.

다음은 조나라 차례였다. 진시황은 조금도 망설이지 않았다. 이런 표현이 맞는다면 그는 천하 통일에 눈이 먼 광인이었다. 단순히 미친 사람이라는 뜻이 아니다. 남들이 뭐라고 하건 자신이 확신하는 것을 앞서서 실천하는 사람이라는 뜻이다. 진시황과 이사와 위료는 뜻이 척척 맞았다. 천하 통일의 대업이 눈앞에 있지 않은가! 무엇을 망설일 것인가!

하지만 어찌 보면 진시황이 그들보다 한 수 위였다. 이사와 위료는 조나라를 멸한 후 이어 위나라, 초나라, 연나라, 제나라 순으로 쳐들어가자고 진시황에게 건의했다. 그러자 진시황이 말했다.

"조나라는 요즘 우리와 친하게 지내려고 무척 애쓰고 있소. 그런 나라를 친다는 게 어쩐지 마음에 걸리는구려."

진시황답지 않은 말이었다. 하지만 위료가 금방 진시황의 뜻을 눈치챘다.

'아하, 전하께서는 명분을 찾고 계시는구나. 조나라를 정복한 후의 민심까지 생각하시다니 정말 큰 인물이시다.'

위료가 진시황에게 말했다.

"전하께서는 아무 염려 마십시오. 저에게 조나라가 먼저 우리를 공격하게 할 계책이 있습니다. 전하께서는 먼저 위나라를 치십시오. 위나라는 늘 우리에게 적대적이니 명분을 만들 필요도 없습니다. 저는 믿을 만한 사람을 위나라로 보내어 그들이 조나라에 원군을 요청하도록 만들겠습니다. 동시에 조나라에 첩자를 보내어 조나라 대신 곽개(郭開)를 뇌물로 매수하겠습니다. 그는 욕심이 많은 인물이니 우리가 시키는 대로 위나라를 돕기 위해 군사를 일으킬 것입니다. 그렇게 되면 어찌 조나라를 칠 명분이 서지 않겠습니까?"

진시황이 무릎을 쳤다.

마침내 진나라 장군 환의(桓齮)가 10만 대군을 거느리고 위나라를 향해 쳐들어갔다. 모든 것이 위료의 계책대로 되었다. 매수에 넘어간 곽개가 위나라를 돕기 위해 조나라 군사를 진나라 국경을 향해 움직이게 한 것이었다. 명분을 얻은 진시황은 병사들의 말머리를 조나라를 향해 돌리라고 명령했다. 이윽고 두 나라 사이에 전투가 벌어졌고 조나라 장군 이목(李牧)이 용감히 대항했다. 하지만 뇌물에 넘어간 곽개의 농간으로 이목은 자살하고 말았다. 결국 조나라는 기원전 229년 멸망했다. 진시황은 조나라 영토를 거록군(鉅鹿郡)이라 이름 짓고 진나라 영토로 편입했다.

한나라에 이어 조나라마저 한순간에 멸망하고 진나라에 통합되자 남은 위나라, 초나라, 연나라, 제나라는 공포에 휩싸였다. 도저히 진나라와 힘으로는 대적할 수 없는 형편이었다. 그때 등장한 것이 바로 진시황을 암살하려는 자객들이었다. 그들은 침략자 진시황만 없애면 멸망의 공포에서 벗어나 천하를 안정시킬 수 있으리라는 희망을 품었다.

그들은 애국자고 의인이었다. 하지만 그들 자신의 나라 입장에서 볼 때만 애국자고 의인이었다. 자객들에게 자기 나라를 노리는 진시황은 영락없는 침략자였다. '침략자만 없애면 평화와 안정이 찾아오리라.' 이것이 바로 그들의 생각이었다. 그들 눈에 진시황은 공연히 분란을 일으키는 자로 보였을 것이다. 지금 이대로 지내면 좋을 것을 왜 우리나라에 쳐들어온단 말인가? 무슨 욕심에 우리나라를 멸망시키려 한단 말인가?

하지만 그것이 진정 평화요, 안정일까? 그것이 결코 평화와 안정이 아님을 550여 년간의 춘추전국시대가 여실히 보여 주고 있지 않은가? 진시황이 품은 천하 통일의 꿈은 침략의 꿈이 아니었다. 영토 확장의 꿈이 아니었다. 그것은 새로운 세상을 만들자는 꿈이었다. 주나라를 대신해 중국 대륙 전체에 새로운 중심을 만들자는 꿈이었다. 새로운 대통합을 이루자는 꿈이었다. 커다란 안정을 이루자는 꿈이었다. 난세를 끝내자는 꿈이었다.

자객들이 내세운 것은 내 나라의 안전과 내 나라에 대한 애국이었다. 하지만 진시황이 가슴에 품고 있는 것은 내 나라, 즉 진나라가 아니었다. 그가 가슴에 품고 있는 것은 '천하'였다. 천하 평정, 천하의 안정이었다.

그런 자객들을 대표하는 인물이 바로 연나라의 형가(荊軻)였다. 그를 주인공으로 한 「형가」라는 영화가 만들어졌다. 또 형가를 소재로 한 영화도 있다. 바로 중국의 장예모 감독이 만든 「영웅」이다. 이연걸, 양조위, 장만옥 등 호화 배역이 주연을 맡은 그 영화에 직접 형가라는 이름은 나오지 않는다. 하지만 그를 소재로 만든 영화임에 틀림없다. 이 영화의 마지막에는 '천하'라는 단어가 나온다. 그 단어를 음미하며 진시황이 이룩한 천하 통일의 의미를 되새겨볼 만하다.

형가의 진시황 살해 시도에 대한 자세한 이야기는 생략하기로 한다. 당연히 실패했다. '준비가 부족했다' '형가의 무술이 모자랐다' 등 여러 이유를 든다. 하지만 우리는 간단하게 말하기로 하자. '작은 애국이 어찌 천하 통일의 큰 꿈을 꺾을 수 있겠는가!'

자객 형가 사건은 기원전 227년에 일어났다. 분노에 사로잡힌 진시황은 연나라를 제일 먼저 치고 싶었다. 하지만 그는 이사와 위료의 간언에 곧 냉정을 되찾았다. 연나라는 요동(遼東) 쪽의 먼 나라가 아닌가. 사사로운 분노로 대사를 그르칠 수는 없었다. 원교근공 정책을 그대로 밀고 나가야 했다.

진시황은 장군 왕분(王賁)에게 명해 위나라를 공략했다. 왕분은 10만 군사를 거느리고 위나라 정복에 나섰다. 왕분은 지략이 있는 명장이었다. 그는 위나라 수도 대량(大梁) 서북쪽에 커다란 저수지를 팠다. 3개월이 걸린 큰 공사였다. 저수지에 넘칠 듯 물이 가득 차자 왕분은 저수지 문을 열고 물을 한꺼번에 대량성을 향해 흘려보냈다. 대량성은 완전히 물에 잠겨버렸다. 위나라는 더 이상 저항할 수 없었다. 마침내 위왕이 항복하고 위나라는 멸망하니 기원전 225년의 일이었다.

한나라, 조나라에 이어 위나라마저 멸망하자 옛날 진(晉)나라가 나누어져 생긴 세 나라가 모두 망한 셈이었다. 이로써 두 번째 춘추오패로 군림했던 진문공의 나라는 사라졌다.

이제 남은 것은 연·제·초 세 나라뿐이었다. 그중 가장 가까운 곳은 초나라였다. 다음 공략 차례였다. 하지만 초나라는 세 나라 중 제일 강한 군대를 보유하고 있었다. 간단하게 멸망시킬 수 있는 나라가 아니었다. 그래서 초나라 공략에는 약간의 사연이 있다.

진시황은 초나라를 치려면 군사가 어느 정도 필요하냐고 혈기 넘치는 젊은 장군 이신(李信)에게 물었다. 이신은 20만 명 정도면 충분하다고 대답했다. 진시황이 이번에는 백전노장 왕전(王剪)을 불러 똑같이 묻자 60만 명은 돼야 무찌를 수 있다고 대답했다. 승승장구하던 진시황은 초나라 따위를 치는 데 무슨 60만 명이나 필요한가 생각하고 천하 맹장 왕전도 이제 늙었다고 판단했다. 진시황은 초나라 정벌군 대장에 이신을 임명했다. 이신은 20만 대군을 이끌고 보무당당하게 초나라로 향했다.

그런데 초나라에는 명장 항연(項燕)이 있었다. 훗날 초패왕(楚霸王)이라 불리며 천하를 호령하게 될 항우(項羽)가 바로 그의 손자다. 항연은 병법에 능한 최고의 명장이었다. 큰소리쳤던 이신은 항연의 상대가 되지 못했다. 이신은 항연에게 대패하고 함양으로 귀환했다. 진시황은 그의 관직을 박탈했다.

진시황은 왕전이 조용히 머물고 있는 고향집으로 직접 찾아갔다. 자신이 잘못했다고 깨달은 순간 즉각 시정하는 것은 진시황의 큰 장점이었다. 그는 왕전을 찾아가 허리를 숙여 사과하며 말했다.

"과인이 장군의 말을 듣지 않아 큰 낭패를 보았소. 게다가 초나라 장수 항연은 우리 땅을 넘보고 있기까지 하오. 부디 노장군께서 나서서 군사를 지휘해주시오."

천하에 두려울 것 없는 진시황이 허리를 굽히다니! 왕전은 마다할 수가 없었다. 진시황은 왕전에게 60만 대군을 내줄 것을 약속했다. 어마어마한 숫자였다. 진나라 전 병력이라 해도 과언이 아니었다. 왕전은 왕명을 받아 출정 준비를 했다.

왕전이 출정 전에 남긴 한 가지 일화가 있다. 그는 출정을 앞두고 가장 좋은 땅과 저택 목록을 진시황에게 내밀었다.

"이게 무엇이오?"

진시황이 묻자 그가 대답했다.

"제가 이번에 초나라를 무찌르면 여기 적힌 땅과 저택을 저에게 상으로 주십시오."

뜻밖이었다. 평소에 별로 욕심이 없던 왕전이 아니었던가! 진시황은 껄껄 웃으며 약속했다.

그뿐이 아니었다. 함양을 떠나서도 왕전은 심복 부하를 진 시황에게 보내 또 다른 요구를 했다. 그러기를 무려 다섯 차 례, 보다 못한 부장이 물었다.

"장군께서는 욕심이 없는 분인 줄 알았는데, 도가 지나치신 것 아닙니까?"

그러자 왕전이 빙그레 웃으며 말했다.

"생각해보게. 나는 지금 60만 병력을 거느리고 초나라를 향 하고 있네. 함양에는 한 명의 군사도 남아 있지 않아. 어느 왕 인들 그런 처지라면 반란을 일으킬까 걱정하지 않겠는가? 왕 의 의심을 받는 장수가 전장에서 마음 놓고 싸울 수는 없는 법, 전하께서 나를 의심하지 않도록 일부러 그런 것이라네."

왕전은 참으로 지혜로운 장수였다.

아무리 초군이 강하고 항연이 뛰어난 장수라도 왕전의 60만 대군을 상대할 수는 없었다. 왕전은 곧 당시 초나라의 수도 수춘(壽春)을 점령했다. 항연은 옛 오나라 땅으로 도망가

창평군(昌平君)을 새로운 왕으로 세우고 진나라에 대항했다. 왕전은 군사를 이끌고 쳐들어가 창평왕을 죽였고, 그러자 최후의 저항을 하던 항연도 마침내 자살하고 말았다. 이로써 초나라는 기원전 223년 완전히 멸망했다. 진시황은 초나라 땅을 셋으로 나누어 남군(南郡), 구강군(九江郡), 회계군(會稽郡)을 새로이 설치했다. 초나라 땅도 진나라의 영토가 된 것이다.

초나라 통합에 큰 공을 세운 왕전은 완전히 은퇴했다. 그리고 그의 아들 왕분(王賁)이 대장군에 임명되었다. 왕분은 요동 정벌에 나서 어렵지 않게 연나라를 멸망시켰다. 초나라가 멸망한 다음 해인 기원전 222년의 일이었다.

이제 남은 것은 제나라뿐이었다. 왕분은 연나라를 친 후 바로 남쪽 제나라로 향했다. 당시 제나라는 참으로 태평이었다. 원교근공 정책에 따라 진나라는 제나라와 동맹을 맺고 있었다. 제나라 왕은 그 동맹을 철석같이 믿었다. 대비가 있을 리 없었다. 왕분은 너무 쉽게 제나라를 접수했다. 춘추시대 제일의 패공이었던 제환공의 나라 제나라는 그렇게 허망하게 멸망했다. 기원전 221년, 드디어 진나라는 중국 대륙을 통일했다.

천하 통일!

이로써 550여 년간의 기나긴 난세는 끝을 맺었다. 춘추전국시대가 막을 내린 것이다. 이제 새로운 시대가 찾아왔다. 진시황이 아무리 큰 인물이라 할지라도 감격스러웠을 것이다. 천하 통일의 꿈을 내가 이루다니! 그러나 그가 피력한 첫 소감은 아주 겸손했다.

보잘것없는 과인이 이 어지러운 세상을 안정시킬 수 있었던 것은 모두 조상들께서 돌보아준 덕분이다.

겸손이기도 했고 사실이기도 했다. 백리해를 비롯해 상앙, 장의, 범수로 이어지는 명재상들과 그들을 중용한 명군들이 천하 통일의 기초를 쌓은 것이 분명하기 때문이다. 그러나 모든 일에서 가장 중요한 것은 바로 마무리다. 진시황의 선조들이 아무리 기초를 단단히 다져놓았더라도 그 모든 것이 허물어져버리는 건 한순간이다. 그러니 우리는 감히 이렇게 말할 수 있다. 앞선 이들이 쌓아놓은 업적을 토대로 천하 통일이 이루어졌지만, 그 천하 통일은 분명 진시황의 리더십에 의해 이룩된 것이라고.

앞에서 보았듯이 진시황은 장점이 많았다. 헛된 명분에 얽매이지 않고, 인재를 소중히 여겼으며, 실수했다고 깨달으면 체면에 아랑곳없이 곧바로 시정했다. 이사의 등용이 그러했으며 왕전에게 허리를 굽힌 일화가 그러했다. 진시황은 발탁한 인재가 최대한 역량을 발휘할 수 있도록 북돋을 줄 알았다. 또한 병사들이 전공을 세울 경우 최대한으로 보상해주었다. 진나라 병사들이 용맹하게 싸울 수 있던 것은 그 때문이었다. 그뿐인가? 그는 대단한 외교력을 발휘했다. 단순히 무력으로 천하를 통일한 것이 아니다. 정복하고자 하는 나라를 내분에 의해 스스로 무너지게 만들었고, 다른 나라들이 서로 단합하지 못하게 만들었다. 그러고는 한 번에 한 나라씩, 전력을 기울여 무너뜨렸다. 그것도 단숨에 적의 수도를 함락시키는 아주 효율적인 방법을 썼다.

진시황이라는 인물을 평할 때 누구나 동의하는 단점이 하나 있다. 그가 의심이 많고 냉혹한 사람이었다는 사실이다. 그래서 진시황 하면 폭군의 이미지가 먼저 떠오른다. 역사적 왜곡이 있었을 것이다. 그렇지만 실제로 그런 성격의 소유자였을 가능성도 있다. 여기서 진시황이 처했던 상황을 염두에 두고 그의 모습을 한번 상상해서 그려보자.

아무리 보아도 진시황은 일 중독자였던 것 같다. 신하들이 일을 잘하나 못하나 감시와 채근이 하도 심해서 아랫사람들이 죽을 지경이었다고 한다. 또한 먹지도 자지도 않으면서 매일 죽간(竹簡)으로 된 공문서를 120근(약 70킬로그램)씩 직접 처리했다고 한다. 일에 파묻혀 지내면서 날카로운 눈으로 부하들을 다그치는 직장 상사의 모습이 그려지지 않는가? 자기 자신이 일 중독자이면서 부하들이 일을 못한다고 매섭게 닦달하는 관리자의 모습이 그려지지 않는가? 평판이 좋을 리 없다. 냉혹한 사람이라는 둥, 의심이 많은 사람이라는 둥 불평이 많을 수밖에 없다. 그렇지만 천하 통일의 대업을 앞둔 진시황에게 그보다 더한 장점이 어디 있겠는가? 해야 할 일이 산더미 같고, 때로는 비정한 결단을 내려야만 하는 그 자리! 진시황의 천하 통일 대업은 그 어려운 자리를 이겨냈기에 가능했다고 하지 않을 수 없다.

천하를 통일한 진시황은 봉건제에서 완전히 탈피해 모든

것을 새롭게 할 필요를 느꼈다. 그는 우선 자신을 황제(皇帝)라 칭했다. 먼 옛날 전설 속 인물들인 삼황오제(三皇五帝)에서 각각 한 자씩 따온 것이다. 그리고 시황제(始皇帝)라고 부르라 명했다. 자신이 최초의 황제, 황제의 시작이라는 뜻이다. 이렇게 그는 '진시황제'가 되었다.

호칭을 정리한 진시황은 국가의 제도를 모두 뜯어고쳤다. 중요한 것들만 소개하면 다음과 같다.

우선 군현제도를 중국 전체에 정착시켰다. 상앙의 조언으로 진효공이 진나라 내부에 실시했던 제도를 대륙 전체로 확대 적용한 것이다. 이로써 진나라, 즉 중국 전체는 강력한 중앙집권 국가가 되었다.

다음으로 각 지역마다 달랐던 문자를 통일시켰다. 그리고 지역에 따라 다르게 사용되었던 도량형을 단일화했다. 또한 모든 수레바퀴의 폭을 일정하게 규격화시켰다. 획기적인 교통 정책이었다. 그뿐이 아니다. 역법(曆法)도 통일해서 각 지역의 날짜를 동일하게 만들었다. 이전까지는 지역에 따라 날짜가 달라 어느 지역에서는 1월이 다른 지역에서는 11월이기도 했다.

진시황은 그 외에도 수많은 건축 토목 공사를 했다. 만리장성을 건설했고 수많은 궁전을 지었다. 요즘에도 호화로운 건물을 가리킬 때 대명사로 사용되는 아방궁(阿房宮)이 바로 그가 지은 거대한 궁전이다.

하지만 진시황의 업적을 일일이 새길 필요는 없을지 모른다. 모든 것은 '하나(一)'라는 단어로 압축된다고 보면 된다. 천하가 하나로 통합되는 것!

역사적으로 진시황에 의해 세워진 중국 최초의 통일 왕조 진 제국(기원전 221~기원전 206)은 금방 망한다. 겨우 2대 15년 만에. 하지만 진시황이 이룬 '하나를 향한 꿈'은 중국 역사 내내 이어진다. 중국이라는 거대한 대륙의 주인은 무수히 바뀌었다. 하지만 바뀌지 않고 이어져온 것이 있다. 그것이 바로 '하나를 향한 꿈'이다. 진시황은 이후 수천 년간 중국, 아니 동양 군주들의 모델이었다. 중국의 역대 왕조는 진시황의 군현제를 유지했고 황제라는 이름을 사용했다. 그러니 어찌 진시황을 위대하다 하지 않을 수 있을까.

「**아방궁도** 阿房宮圖」

18세기 전반에 활동한 청나라 화가 원강(袁江)의 12폭 병풍 작품. 사마천의 『사기』에 따르면 아방궁의 규모는 동서 약 700미터, 남북 약 110미터다. 궁에는 모두 1만 명을 수용할 수 있었으며, 건축에 동원된 사람의 수는 약 70만 명이라고 한다. 진시황 생전에 완성하지 못해 다음 황제 손으로 넘어갔으며, 나중에 항우가 점령한 뒤 불태웠는데 약 100일간이나 탔다고 한다. 당나라 때 시인 두목(杜牧)은 「아방궁부(阿房宮賦)」라는 시에서 아방궁의 크고 화려함을 "너무 넓어서 같은 날 한 궁전 안인 데도 기후가 다르다"고 묘사했다.

『열국지』를 찾아서

이제까지 서양 이야기를 읽었으니 이제 동양 이야기를 한 번 읽어보자. 동양을 대표하는 중국 이야기다. 서양 이야기의 시작에는 신화가 있다. 신화 다음에 서사시가 있고, 이어서 소설과 시가 등장한다. 애초에 그리스·로마 신화가 있고 그 다음에 우리가 읽은 『일리아스』『오디세이』『아이네이스』같은 서사시가 뒤따르는 것이다.

호메로스가 『일리아스』『오디세이』를 써서 사람들을 울리고 웃기던 시대, 베르길리우스가 『아이네이스』로 사람들에게 감동을 주던 시대는 중국의 '춘추전국시대'와 거의 비슷한 시기이다. 조금 더 정확히 말하자. 춘추전국시대는 로마가 자그마한 도시국가에서 출발하여 거대한 제국으로 성장한 시기와 비슷하다.

로마는 기원전 8세기에 자그마한 도시국가로 출발한다. 『아이네이스』가 그 도시국가 건립 이야기다. 로마는 왕이 다스리는 왕정과 시민이 선출한 대표가 다스리는 공화정을 거쳐 기원전 1세기에 황제가 다스리는 제정시대로 접어든다. 기원전 770년 주나라가 낙양으로 수도를 옮긴 때부터 시작된 춘추전국시대는 기원전 221년 진시황(秦始皇)이 천하를 통일함으로써 끝난다. 천하 통일의 위업을 이룩한 후 진시황은 스스로 황제(皇帝)라 칭했다. 진나라 왕국이 진나라 제국이 된 것이다.

그토록 멀리 떨어진 곳에서 비슷한 시기에 대제국의 씨앗이 함께 터서 비슷한 길을 걸어갔다는 사실이 신기하지 않은가? 보이지 않는 무슨 커다란 힘이 지구촌 곳곳에서 거의 동시에 인류 문명들을 탄생시킨 것만 같다.

그런데 그 문명들이 똑같은 색깔을 하고 있지 않다. 아주 알록달록하다. 시기는 비슷하지만 로마 제국과 진나라 제국은 그 모양이 아주 다르다. 서로 어떻게 다른지 알아보기로 하자.

중국에도 신화시대가 있다. 바로 삼황오제(三皇五帝)시대다. 그런데 중국 신화에 등장하는 인물, 혹은 신들은 그리스·로마 신화의 신들과는 아주 다르다. 그리스·로마 신들은 올림포스 산정에 자기들 나름대로 거처가 있다. 그 신들도 인간 세상으로 내려오기는 한다. 인간들 사이에 자신의 핏줄을 심어놓기도 한다. 하지만 그 신들은 인간들과 함께 살지는 않는다. 제우스 신의 거처는 올림포스 산정이다.

그런데 삼황오제의 삼황은 따로 거처가 없다. 아예 인간 세상에 내려와 산다. 삼황은 일반적으로 수인씨(燧人氏)·복희씨(伏犧氏)·신농씨(神農氏)를 가리킨다. 수인씨 대신 여와씨(女媧氏)를 넣는 경우도 있으며 천황(天皇)·지황(地皇)·인황(人皇)으로 기록하기도 한다. 그중 수인씨는 사람들에게 불 피우는 법을 가르쳐주었고 복희씨는 물고기 잡는 법을 전해 주었으며, 신농씨는 농사법을 전해주었다. 신들은 그들만의 세상에 따로 사는 게 아니라 아예 인간들의 지도자 역할을 한다. 신들은 인간들의 우두머리이고 중심이다.

중국에서는 신들이 애당초 인간들과 그렇게 함께 살고 있으니 신화와 역사의 구분도 아주 모호하다. 오제가 특히 그렇다. 우리는 천하태평시대를 요순(堯舜) 시대라고 흔히 말한다. 요(堯)임금과 순(舜)임금은 오제의 마지막 임금들이다. 참고로 요임금과 순임금 이전의 임금의 이름은 황제(皇帝), 전욱(顓頊), 제곡(帝嚳)이다.

요순시대란 일종의 태평세월이다. 어질고 현명한 요임금과 순임금의 지도하에 천하가 하나로 뭉쳐 있었다. 여러 나라 간의 싸움도 없고 모든 백성이 요임금과 순임금을 중심으로 행복한 생활을 하니 일종의 유토피아다.

중국의 역사는 그렇게 유토피아 신화로부터 시작한다. 유토피아는 꿈으로만 존재하는 것이 아니라 현실 속에서 이미 존재했다는 믿음, 그것이 바로 중국 땅을 지배해왔다. 그런 신화와 역사의 경계선에 바로 주(周)나라가 있다. 주나라는 역사 속에 존재했던 실제 나라이지만 요임금과 순임금이 다스리는 태평세월의 꿈이 이어져오던 나라이기도 했다. 주나라는 중국 대륙의 중심이었다.

그런 주나라가 300년 정도 지나자 어지러워지기 시작한다. 제10대 왕인 주여왕과 제 11대 왕인 주선왕 때부터 기울기 시작하더니 제13대 주평왕 때 이르러 사실상 멸망한다. 거대한 중국 대륙의 중심이 사라진 것이다. 그 이후 중국 대륙은 550여 년 동안 새로운 중심이 되려는 나라들 간의 거대한 싸움터가 된다. 그 긴 기간을 우리는 '춘추전국시대'라 부른다.

그 어지러운 시대를 끝내고 새로운 중심이 된 나라가 진(秦)나라이고 천하통일의 대업을 이룬 인물이 진시황이다. 진시황은 천하를 통일한 후 스스로 황제라 칭한다. 삼황의 황과 오제의 제에서 한 자씩 따온 것이다. 천하를 통일한 후 이제 새로운 태평성대가 왔음을 선포한 것이다. 진나라 제국은 흩어져 싸움만 일삼던 중국 대륙에 새로운 질서를 마련하려는 꿈에 의해 이룩된 나라이다. 전체를 아우르는 새로운 중심이 되고자 하는 꿈에서 이룩된 나라다.

우리는 진나라 이후의 중국 임금도 황제라고 부르고 로마 군주의 이름도 황제라고 부른다. 겉으로는 똑같다. 둘 다 제국이긴 마찬가지다. 그런데 성격이 아주 다르다. 로마 제국은 작은 도시국가에서 출발한다. 로마 제국은 작은 것에서 출발하여 큰 것이 되려는 꿈이 만든 제국이다. 좁은 곳에서 넓은 곳으로 나가려는 꿈이 이룩한 제국이다. 확장과 정복의 꿈이 이

록한 제국이다. 반대로 진 제국은 전체를 통합해서 새로운 중심이 되려는 꿈이 이룩한 제국이다. 세계를 품고 아우르려는 꿈이 이룩한 제국이다. 로마 제국의 꿈에는 정복해야 할 미지의 땅들이 있다. 진 제국의 꿈에는 하나로 묶어주어야 할 분열된 땅들이 있다. 그 각기 다른 꿈이 다른 제도를 낳고 다른 문화를 낳으며 다른 미래를 결정한다. 그 꿈 사이에 우열은 없다. 차별은 없다. 차이만 존재할 뿐이다. 시의경중에 따라 그 필요성과 절박함이 다를 뿐이다. 지금 우리에게는 과연 어떤 꿈이 필요할까?

이 책의 제목은 『열국지(列國志)』지만 실은 천하 통일의 꿈을 실현한 진나라를 중심으로 한 이야기다. 열국지라는 제목에 합당하는 글을 쓰려면 너무 어지럽다. 주나라 시절 중국 대륙에는 170여개의 제후국이 있었으니 그 이야기들을 어찌 다 할 수 있단 말인가? 뼈대를 추려 이야기를 전개할 수밖에 없다. 전체를 다 봐야겠다는 호기심과 욕심을 가진 사람들은 이 책을 읽은 후 신동준의 『실록 열국지』와 유재주의 『평설 열국지』를 읽기를 권한다. 좀 분량이 많긴 하다. 『실록 열국지』는

500쪽짜리 세 권이고 『평설 열국지』는 350쪽짜리 열세 권이다. 역작들이다. 사실을 고백하자면 내가 여러분에게 들려줄 이 이야기는 그 두 역작의 도움을 크게 받았다.

이 이야기는 내가 창조한 게 아님이 당연하다. 이미 있던 이야기들을 내 식으로 엮었을 뿐이다. 그중 주로 참고한 것이 앞에서 말한 두 종류의 책이다. 신동준의 책은 중국의 3대 역사서인 『춘추좌전』 『자치통감』 『사기』의 역사적 기록들을 토대로 춘추전국시대 550여 년의 역사를 소상히 되살린 역작이다. 참고했다기보다는 공부했다. 한편 유재주의 『평설 열국지』는 그 역사적 기록들을 바탕으로 작가가 새롭게 엮은 소설이다. 550여 년 역사의 맥을 파악하는 데 큰 도움이 되었다. 두 분께 감사드린다.

진시황이 천하를 통일한 후 진나라는 금방 망한다. 그 이후 초(楚)나라와 한(漢)나라 간의 패권 쟁탈전이 벌어진다. 위업을 달성한 진나라가 왜 그렇게 금방 망했는지, 저 유명한 항우(項羽)와 한고조 유방(劉邦)과의 경쟁에서 어떻게 유방이 승리했는지 궁금하면 『초한지(楚漢志)』를 구해서 읽어라. 소설로도 나와 있고 영화로도 무수히 나와 있으며 드라마로도 소개가 되어 있다. 이 책의 이야기는 진시황이 천하를 통일하는 것에서 마무리된다.

이 시리즈에는 더 이상 중국 문학이 포함되지 않는다. 여러 가지 이유가 있지만 내 역량이 부족해서다. 그래도 중국의 사대 기서(奇書)인, 『삼국지(三國志)』『서유기(西遊記)』『수호지(水滸志)』『금병매(金甁梅)』 네 권은 꼭 포함시키고 싶었다. 내가 어린 시절 얼마나 열심히 읽었던 책들인가? 내게 소설 읽는 재미를 얼마나 많이 주었던 책들인가? 그러나 그 책들을 내가 새로 쓸 필요는 없다. 너무나 다양한 형식으로 수많은 판본들이 나와 있으니 흥미 있는 분들은 그중 하나를 택해 꼭 읽어보기를 권한다.

그중 딱 하나만 여러분에게 권해야 한다면 『서유기』를 꼽고 싶다. 다른 책들보다 그 책이 제일 중요하고 재미있어서가 아니다. 사람들은 『서유기』의 주인공 손오공은 너무 잘 알고 있다. 하지만 정작 서유기 전체를 읽은 사람은 드물다. 또한 삼장법사가 얼마나 중요한 인물인지 놓쳐버린다. 그게 아쉽다. 한 가지 조언을 하자. 『서유기』를 서구 중세 기사도 소설의 '성배 탐색' 이야기와 비슷한 이야기라 생각하고 읽으면 새로운 재미가 생길 것이다. 또한 비슷하되 어떤 점이 다른가 생각하며 읽으면 더 재미가 있을 것이라는 말을 덧붙인다.

큰글자 세계문학컬렉션 05

열국지

펴낸날	초판 1쇄 2019년 11월 25일

지은이	풍몽룡
편 역	진형준
펴낸이	심만수
펴낸곳	(주)살림출판사
출판등록	1989년 11월 1일 제9-210호

주소	경기도 파주시 광인사길 30
전화	031-955-1350 팩스 031-624-1356
홈페이지	http://www.sallimbooks.com
이메일	book@sallimbooks.com

ISBN	978-89-522-4106-1 04800
	978-89-522-4101-6 04800 (세트)

※ 값은 뒤표지에 있습니다.
※ 잘못 만들어진 책은 구입하신 서점에서 바꾸어 드립니다.

이 도서의 국립중앙도서관 출판시도서목록(CIP)은 서지정보유통지원시스템 홈페이지
(http://seoji.nl.go.kr)와 국가자료공동목록시스템(http://www.nl.go.kr/kolisnet)에서
이용하실 수 있습니다.(CIP제어번호: CIP2019047362)